ハヤカワ文庫 SF
〈SF2311〉

宇宙英雄ローダン・シリーズ〈632〉

《ラヴリー・ボシック》発進！

ペーター・グリーゼ&アルント・エルマー
嶋田洋一訳

早川書房
8610

PERRY RHODAN
DIE FREIBEUTER VON ERENDYRA
DER FLUG DER LOVELY BOSCYK
by
Peter Griese
Arndt Ellmer

Translated by
Yooichi Shimada
First published 2021 in Japan by
HAYAKAWA PUBLISHING, INC.
This book is published in Japan by
arrangement with
PABEL-MOEWIG VERLAG KG
through JAPAN UNI AGENCY, INC., TOKYO.

目次

《ラヴリー・ボシック》発進!

エレンディラの掠奪者

ペーター・グリーゼ

登場人物

ロナルド・テケナー………………《ラサト》指揮官
ジェニファー・ティロン…………テケナーの妻
パンカー・ヴァサレス……………《ラサト》メンター
ファルコ・ヘルゼル………………同乗員
パシシア・バアル（パス）………同乗員。アンティの少女
ロンガスク
クロスクルト}………………………シャバレ人。自由掠奪者
プルンプ…………………………アザミガエル。ロンガスクのペット
メリオウン………………………エルファード人の総司令官

1

「消え失せろ！」シャバレ人ロンガスクは脅すようにこぶしを振りあげ、プルンプのまるっこいからだの上で振りまわした。「自由掠奪者の戦闘服は聖具であって、卑しいアザミガエルが触れていいものではない」

プルンプは八本の脚で大跳躍して、ロンガスクの作業場に散乱したがらくたの山のひとつに飛びこんだ。

「宇宙盗賊！　宇宙盗賊！」巨大なアザミの花にどことなく似ていなくもないカエルは、かくれ場からべちゃべちゃしした声でいった。

「助けだしてやろう！」シャバレ人は手に触れたものをつかんでアザミガエルに投げつけた。的は大きくはずれたが、プルンプは悲鳴をあげた。

ロンガスクはそのときようやく、投げたのが酸素供給ホースだったことに気づいた。

悪態をつきながら、投げたホースを探す。手もとにあるのはその一本だけで、見つからないと戦闘服は役にたたなくなってしまう。

かれはプルンプがもぐりこんだがらくたの山のなかを手探りした。興奮のあまり大声をあげると、そのたびに長い舌がしゅっと口から飛びだす。

「もうおしまいだ！」ホースが見つからないので、いきり立ってわめいた。

「オスクロートを見ずに死ぬなかれ！」プルンプが、主人の怒りを避けて逃げこんだがらくたの山の下から、べちゃべちゃした声でいった。

このアザミガエルはずっと以前の掠奪襲撃のさい、シャバレ人が捕まえて《キャントレリイ》の船内に連れてきたのだ。ロンガスクは典型的な一匹狼だが、このちいさなものまね屋には気を許していた。それでも、かれが折りにふれて口にするさまざまな文句をカエルがかたっぱしからおぼえてしまうと知っていたら、瓦礫《がれき》のなかに置き去りにしていただろう。

プルンプは〝おしまい〟という言葉を聞くと、反射的に〝オスクロートを見ずに死ぬなかれ！〟と叫ぶ。言葉の刺激を受けると、記憶のなかを引っかきまわして、ロンガスクが以前に似たような状況で口にした言葉を探しだすのだ。

惑星オスクロートはシャバレ人の故郷だが、宇宙遊民であるかれには、見た記憶がなかった。昔のことはあまりおぼえていない。両親がだれなのかも忘れてしまったし、興味もない。《キャントレリイ》で生まれたのかもしれないが、そんなことは人生においてなんの意味もなかった。

オスクロートのことは若いころに聞いたはずだ。故郷惑星の名前はかれの意識にしっかりと根をおろしているから。ときには草原や野原、雪におおわれた峰々や青い海の夢をみることもあったが、それが現実となにか関係があるのかどうかはわからない。

すっかり汚れてしまった手を見て、気分が悪くなる。かれにとって、手はからだのほかのどの部分よりもたいせつだった。だから両手の手入れにはつねに気を使っている。とりわけ、日々の毛剃りは欠かさなかった。全身がグリーンがかったグレイの太い毛におおわれているからといって、手にまで毛が生えているのは許せないのだ。

《キャントレリイ》のどこかで信号音がした。それはロンガスクの耳にもとどいたが、かれは反応しなかった。まず、戦闘服のなくなった部品を探しだし、修理を終えなくてはならない。

「戦闘服を着用せずに、オスクロートのほんものの自由掠奪者といえるものか！」

ありとあらゆるがらくたで構成されたべつの山から、べちゃべちゃと音がした。アザミガエルはいつのまにか場所を移動したようだ。

「宇宙盗賊！　夢世界！　屑鉄服！　鉄の乙女！」プルンプががらがら声でいう。シャバレ人はさらに興奮した。ペットの言葉は、かれがなんとしても否定したい真実をついていたから。

宇宙遊民で自由掠奪者で宙賊であることをもっとも重視するシャバレ人の文明において、かれは最下層に位置している。仲間が興味をしめさないもので暮らしているひとりだ。かれのような者たちは〝宇宙盗賊〟と呼ばれるが、イメージとしては墓荒らしのようなものだった。プルンプはどこかでこの言葉をひろってきたにちがいない。ロンガスクが自分ではけっして使わない言葉だから。

「いつか殺してやる！」と、憤然として叫ぶ。「そのみじめな精神が元気になるよう、恒星プラアクに投げこんでやる」

プラアクはオスクロートの主星だが、ロンガスクは古い記録と夢のなかでしか見たことがなかった。アザミガエルの〝精神〟に言及したのも、興奮してつい口ばしったにすぎない。カエルはただ本能にしたがっているだけだ。

また信号音が聞こえ、かれはこんどこそはっとした。飛びあがり、床に転がった戦闘服のことも忘れてしまう。戦闘服は作業場の床に散乱したさまざまながらくたと、ほとんど区別がつかなかった。

ほんの数歩で司令スタンドに到達。

〝エレンディラの光と星〟を意味する《キャントレリイ》は準光速で宇宙空間を航行していた。ロンガスクは前方舷窓の装甲板をあげ、外がよく見えるようにした。胸がざわつく。司令室に震動がはしった。

装甲板は半分開いたところで動かなくなり、赤い信号灯が不安げに点滅した。外を見るには身をかがめなくてはならない。とくに異状はないようだ。装甲板をふたたびおろそうとしたが、ぎしぎしと音がして閉まらない。べつの警告灯が点灯した。

装甲板の油圧をすべて切る。当面は防御が手薄になるが、たいして気にならなかった。修理は時間との戦いだ。

「がらくたの山！」がらがら声が背後から聞こえた。プルンプがこそこそと司令室に入ってくる。

「戦闘服のホースはどこだ」宇宙盗賊はまるで植物のような小動物に向かってわめいた。

「戦闘服は鉄の乙女！」アザミガエルがべちゃべちゃした声でいい、コンソールに跳び乗った。おかげで偶然ロンガスクは、映像が表示されていることに気づいた。

注意を引かれる。

かれは映像を調べた。いままで使ったことのない、古い探知システムの映像だった。最近見つけた残骸のなかから掘りだして、司令室に設置したものだ。ただ、忙しくてテストはまだしていない。重要な部品の修理がめじろ押しなのだ。

《キャントレリイ》はきわめて独特な宇宙船で、中立的な観察者の目からすると、狂った頭脳の産物という印象を受けるだろう。

この船は実際、もとになる宇宙船のまわりにさまざまな異なる残骸のパーツを継ぎたしてつくられていた。もとの姿や技術は事実上、もうなにものこっていない。

最重要部分は不規則な多面体で、隆起や窪みや穴や砲塔があった。最大直径が十メートルくらい。そこに、司令スタンドのある司令室と、居住キャビンと、いくつかの追加ユニットが収容されている。追加してあるのは互換性のないポジトロニクスが二基、空調システム、ロンガスクの作業場などだ。

〝エレンディラの光と星〟の船尾は全体がエンジンブロックで、老朽化したエネルプシ・エンジンが搭載されている。宇宙船のこの部分だけは、縦横とも十メートルの回転台形という規則的な形状をのこしていた。

こんな《キャントレリイ》の〝両端〟のあいだには、じつに奇妙な部分がひろがっている。長さ百メートルの、不規則なかたちの開放的な金属の骨組みだ。建設用重機のアウトリガーの格子《こうし》のようにも、なかば閉じかけた不気味な口のようにも見える。この格子のなかのあちこちのすみから、金属の破片やスクラップが垂れさがっていた。

よく見れば、司令スタンドがある中心部分もありとあらゆる難破船の部品のパッチワークだった。愛と献身をこめて継ぎ合わされているが、そこに美意識は見いだせない。

ロンガスクは卵形の頭部を飾るグリーンのもじゃもじゃの髪を揺らした。映像で見たのはまちがいなく探知エコーだった。それも大量の。

「至福のリングにかけて！　老朽船は、それでもちゃんと航行できるのだ」

「ぼろ船」と、アザミガエルががらがら声をあげる。「エレンディラのぼろ船」

「黙れ！」宇宙盗賊はペットを叱責した。

「黙れ！」と、プルンプ。

探知した物体までの距離は問題なく確定できた。ポジトロニクスを使って、データを以前の記録と比較する。前に航行したときはなにもなかった。完全な虚無だったのだ。胸が躍る。明らかな期待が胸中に芽生えていた。

「ガラガラ」ポジトロニクスがいった。すでに数世紀にわたってそこに鎮座している。ロンガスクはそれに戦士の言語、ソタルク語をずっと教えつづけているが、使いこなすことはまだできていない。「映像データ、第二モノローグ、平行」

「はあ？」宇宙盗賊は思わず声をあげた。「どういう意味だ？」

「意味があるのは戦士カルマーの輜重隊《しちょう》だけ」アザミガエルが勝手に合いの手を入れる。

シャバレ人はカエルを蹴ろうとしたが、プルンプはすばやくよけた。棘《とげ》だらけの球状のからだからは想像もつかないが、繊細な感覚器を持っているにちがいない。

「わたしは戦士の輜重隊メンバーだが、おまえは違う！」と、ロンガスク。「いずれロボットキッチンにほうりこむぞ！」

「天国は信じる者たちのもの」アザミガエルはときどき、偶然ながら非常に賢明な言葉を返す。ロンガスクはその空疎なおしゃべりにもう耳を貸さず、ポジトロニクスからもっと情報を引きだそうとした。だが、うまくいかない。決まり文句をくりかえすだけなのだ。

「ガラガラ。映像データ、第二モノローグ、平行」

だが、シャバレ人は対処のしかたを心得ていた。二基のポジトロニクスの強みと弱みも、相性の悪さも知りつくしているのだ。ガラガラは……正式名は忘れ去られて久しい……技術面で優位に立っているが、表現能力に難がある。以前はまったく別種の知性体の所有物だったようだ。コクーンは……これは繭《まゆ》のようなかたちをした外見からの命名で、身長一・六メートルのロンガスクよりも大きい……技術的には劣るものの、トランスレーターとしてはきわめて優秀だ。

かれはガラガラの音声を転送し、コクーンに翻訳させた。ポジトロニクス二基を直結すると確実にカタストロフィが生じるから。ガラガラの内部ではポジトロンが自由に動きまわっているが、コクーンはポジトロニクス以前の電子計算機のように、固定された記憶バンクを利用している。これを見ても、コクーンのほうが能力の低い理由がわかる。

長く待つ必要はなかった。コクーンの表現はきわめて明瞭だ。美文調だが。

「あらゆるポジトロニクスはその生涯で一度、待機と憧憬《しょうけい》という柔らかなクッションの上で休みます。そのフェーズは初期登録と、ネットワーク経由の正しい構造の最初の命令にはじまり、宇宙船……おお、すばらしき《キャントレリイ》よ！……での仕事で、さもなければ存在の彼方のどこかで、終わりを迎えます。そのときポジトロニクスは独白します。これが最初のフェーズ、第一モノローグです」

「つづけろ！」と、ロンガスク。頭にあるのはまだ、隣りの作業場で修理を待っている、故障した戦闘服のことだった。

「巧妙な指導者」プルンプがいささか場違いな言葉を発する。

「映像データは平行です、おお、主人よ」コクーンが待ってましたとばかりに説明する。

「これが真のハーモニーです。すなわち探知エコーは、自分の名前も思いだせない、あの頭のおかしいポジトロニクスが考えた、第二モノローグと同じものだということです」

「第二モノローグ？」シャバレ人がいらだたしげに声を荒らげる。

「それは二度めの長い休息フェーズ、すなわち、それまで活動していた宇宙船が破壊されたあとの時期をさします。もしかするとあなたの曾祖母があれを発見し、《キャントレリイ》に設置して、初期登録したのかもしれません。そのとき第二モノローグの時期が終わったのです」

やや複雑な話だったが、宇宙盗賊は理解した。探知映像がしめしているのは、かつてガラガラが搭載されていた宇宙船の破壊現場なのだ。

「永遠の戦士の髭《ひげ》にかけて！」ロンガスクは両手で大腿上部のぶあつい毛皮をつかんだ。「戦争には髭がある」アザミガエルがべちゃべちゃ声をあげる。

「ここは戦場だったのだ！　そうとしか考えられない。ガラガラはそんな戦場を生きぬき、廃墟を目撃してきた。いま、そのときと似たようなものを見ている。カルマーの忠実な従者がわたしのためにのこしていった、またべつの戦場を」

毛深い顔のなかで、犬に似た褐色の目が貪欲に輝いた。目のまわりの明るい黄色の毛が逆立つ。これはつまり、高価な掠奪品ということ！

「ほかの盗賊に手出しされないといいが」プルンプのばかげた台詞《せりふ》でよろこびに水をさされないよう、できるだけちいさな声でつぶやく。「あるいは私掠許可証を持つシャバレ人の自由掠奪者が、その権限で横どりしようとするかもしれない」

「横どり」アザミガエルがなにも理解しないまま声を出す。

ロンガスクは気にもしなかった。戦士カルマーの戦場跡までいっきに飛べるよう、エネルプシ区間のプログラミングを準備する。太った獲物は合図を返したが、まだ安心はできない。

《キャントレリイ》のシステムが準備完了を告げると、かれはみずから船の制御を掌握《しょうあく》した。戦闘服がなければ掠奪はできない。それなのに、重要な部品は見つからないままだ。

急ぎ足で作業場に向かうと、うっかりプルンプに投げつけたホースにつまずきそうになった。またしても悪態をつき、いつもより長く舌がのびだす。かれは熱心に、戦闘服の修理にとりかかった。

いちばんの心配は脆弱なリサイクル・システムだった。処理してあらたに生成される物質がかんたんに毒物に変性してしまい、何度か死にかけたことさえある。

自作の宇宙服の部品をすべて、慎重に組みあげていく。〝戦闘服〟といったのは、たんにアザミガエルに聞かせるためだけだった。実際はばらばらな部品のよせ集めで、武装もない、ただの防護服だ。若者が頭のなかだけで考えて組み立てた、中世の甲冑《かっちゅう》に似ている。とはいえ、〝組み立てた〟というのは不適切だろう。かれの防護服は……《キャントレリイ》そのものと同じく……がらくたのよせ集めでしかないから。

プルンプがぶつぶついいながら周囲を這いまわるなか、かれは関節のない金属の筒に脚を突っこみ、蛇腹状の筒に腕を入れ、肩についた大きな金属球の上に卵形の背嚢《はいのう》を背負った。

「腹が減っただろう、ちび」かれは愛情をこめてちいさな相棒をなでた。そんなとき、アザミガエルはうずくまり、体表の棘をできるかぎり引っこめる。「外で獲物が待ってるんだ、プルンプ。おまえにもいいものがあるにちがいない」

こんどはアザミガエルはなにもいわなかった。

ロンガスクは最後の作業にとりかかった。膨《ふく》らんだ胸部プレートを折りたたみ、背嚢にホースを接続する。切り株状の突起はおもにロボット補助脚の制御に使われ、高速移動を……金属の筒に突っこんだ自分の脚で移動しようとしたら、たぶんプルンプよりも遅いだろう……可能にしていた。補助脚の伸縮性を確認し、満足する。あとは半分に切った真っ赤な卵のようなヘルメットをかぶって完成だ。ヘルメットががっちり固定されると、かれはグレイがかったヴァイザーをおろした。

よたよたと司令室にもどる。視界が制限されるため、アザミガエルがついてきているかどうかはわからない。

エネルプシ区間の航行はぶじに終了した。前面装甲板はまだ作動しないが、見えてきたものは期待以上だった。そこらじゅうに残骸や難破船があり、ほかの船の影は見あたらない。こちらを見つけしだい追いかけてくる、憎むべき〝許可証持ち〟の姿もなかった。

中央部の牽引ビームのスイッチを入れ、まだあいている場所が多い金属フレーム上に光線ブイを設置。分子破壊銃と大きなプラスティック袋三つと、小型反重力プラットフォームを準備した。

「船内を汚すなよ！」探知コンソールの上にあらたな居場所を見つけたプルンプに、手を振ってそう告げた。

プラットフォームに乗り、三度ためしてようやく開いた円形ハッチに向かって飛んでいく。

宇宙空間がかれを迎え入れた。アザミガエルのほうは、あらたに大きな信号が出現した探知スクリーンを不思議そうに見つめる。ただ、その信号は食べられないので、カエルは光点を無視した。

2

「あれはとんでもない詐欺師だ！　なんとしても正体を暴《あば》いてやる。一度手ひどくだまされたことがあって、いまでも腹がたつ。ここになにがある？　なにもない！　まったくなにも！　だまされたのだ、あのストーカーに。あるいは、わたしにとってはソト＝タル・ケルに。あいつの秘密を暴いて、人類を裏切ったことをはっきりさせてやる」

興奮したロナルド・テケナーのラサト疱瘡《ほうそう》の痕がはっきりと目立つ。スマイラーは《ラサト》の司令室内を駆けまわり、ヴィールス船とその乗員千名の状況について独白していた。

このさい、エスタルトゥの〝奇蹟〟がどこにも見あたらないことは、基幹乗員たちにとっては二の次だ。テケナーは太陽系をスタートし、NGC4649すなわちエレンディラ銀河近傍の、ある座標に向かっている。ストーカーはかれにふたつのものをあたえた。指のない手袋のような金属製の〝パーミット〟と、問題の座標だ。ストーカーは、行方不明になっていた《ツナミ114》を……表向きは！……そこで発見し、銀河系に連れ帰ったことになっている。

この件に関して、奇妙な金属の手袋はスマイラーの役にたつものではないだろう。かれの確固たる目的はストーカーの嘘を暴くことだ。そのためには《ツナミ113》を発見し、《ツナミ114》の乗員の運命をはっきりさせる必要がある。それがうまくいけば待望の切り札が手に入り、ストーカーの有害な影響を断ち切ることができるはず。

テケナーは相《あ》いかわらず、もと警告者が嘘をついていると確信していた。ストーカーがホーマー・G・アダムスを説得しただけでなく、その友になったことも、かれの目を曇らせたりはしなかった。

エレンディラの手前に位置するポジションに到着してからの八日間で、かれの見方は裏づけられた。《ラサト》で一週間にわたり目標宙域を縦横に飛びまわったが、行方不明のツナミ艦のシュプールはまったく見あたらなかったのだ。それどころか、興味を引かれる星系など、目につくものはなにもない。宙域のはずれにあったいくつかの恒星も調べてみたが、惑星がひとつもないか、あっても母星から遠すぎて知性体が存在できず、宇宙船の着陸にも適さないものばかりだった。

ジェニファー・ティロンは無言で夫を見つめた。すわり心地のいいシートに腰をおろし、肘かけには十六歳のアンティの少女、パシシア・バアルがすわっている。ジェニファーは彼女の細いからだに片腕をまわしていた。

《ラサト》の司令室にいたほかのヴィーロ宙航士三名は、スマイラーの動きに気づかないふりをしている。それはかれら自身の不満の表明にほかならない。

要は、期待していた成果が得られなかったからだ。かれらが銀河系をあとにしたのはストーカーが吹聴《ふいちょう》した奇蹟を体験するためだが、テケナーの同行者のほとんどにとって、異郷への憧れに囚《とら》われたたいていのギャラクティカーの目的地となったエスタルトゥの奇蹟は、どうしても必要なものではない。行方不明の《ツナミ113》の手がかりでも見つかっていれば、かれらは満足しただろう。《ラサト》乗員にとってツナミ艦の男女の運命は、大宇宙を探検したいという衝動にまさるとも劣らない重要なものだった。

「ストーカーは嘘つきだ」スマイラーが歩きまわりながらいう。「証拠もあるが、ほとんど役にたたない。とにかく、ここにはなにもない」

「いまはなくても、なにかがあったかもしれないわ」〝パス〟とも呼ばれるアンティの少女がいった。「ツナミ艦はここにいたけど、消えただけかもしれない」

「消えただけ、だと！」テケナーがばかにするようにいい、パスはおろかなことをいったというように縮こまった。

「それは不当な非難だわ、テク」と、ジェニファー。「わたしたちの養女は、べつにおかしなことはいってないでしょ。ツナミ艦は技術的なトリックで不可視になっていて、探知機でもとらえられないのかもしれない。あるいは残骸が運び去られたか、だれかがツナミ艦を、無傷であろうとなかろうと、べつの場所に曳航《えいこう》したのかもしれない。ストーカーがここに《ツナミ114》がいると宣告して捜索がはじまってから、数カ月が経過していることを忘れないで」

「ばかげたことを」テケナーはいつになく不機嫌だった。「忘れていることがあるようだな。〝ツナミ艦はめったに単独行動しない〟んだ！　しかも、113はATGを積んでいない。通常空間のどこかにいるはず。姿を消すことはできない」

「そんなことはどうでもいいの」ジェニファーも怒りにまかせて声を荒らげる。「パスをそんなふうにあつかうべきじゃないといってるのよ。なにか役にたてないかと思っただけでしょ」

「すまなかった！」スマイラーは頭をさげ、申しわけなさそうにパスを見た。「進展がないので、いらいらしてしまった」

アンティの少女の表情がおだやかになり、片手を振っていった。

「みんなそうよ、テク。でも、非難し合ってもなんにもならないわ」

この十六歳のバアル家の少女はアプトゥト星系のアンティの故郷世界トラカラトの出身で、家族には両親のフォロとミルタクス、二歳年上の兄ボネメスがいるが、かれらとはあまり折り合いがよくなかった。家族とのつながりが希薄だった結果、パスの感情はおかしなかたちに発達することになった。

ペリー・ローダンがパスを地球に連れてきたとき、テラの心理学者の診断でそのことがはっきりした。自身も異星心理学者であるジェニファー・ティロンも、この数週間をパスとともにすごし、同じ見解に達していた。

バアル家の四人はばらばらで、そのあいだには外形的なつながりしかない。フォロは早くに仕事から引退して趣味にかまけ、朝から晩まで3Dキューブの前にすわって、さまざまなチャンネルを追うのに夢中になっている。とりわけ好むのはニュース番組だ。妻や子供たちに優しい言葉をかけることはほとんどない。

母親は夫のこの態度をなにもいわずに受け入れ、キッチンに癒やしをもとめた。おかげでフォロとの喧嘩はなかったものの、成長した子供たちは孤独を深めるばかりだった。パスとボネメスのあいだにはまだしもつながりがあったものの、それは外見的なものにすぎず、真の愛情とはいえなかった。父親の〝ニュース中毒〟を嫌悪するあまり、娘は精神に傷を負った。家族内で最年少だった彼女には、怒りを発散する方法がなかったのだ。抑制しきれなくなった感情を吐きだす場所がどこにもなかったから。

その結果は潜在意識の反応だった。パスは一般的な日常生活を軽視する、内向的な一匹狼に育った。両親のほうもまた、娘の機嫌を気にかけたり、ときどき顔を出す傲慢さや不安定さをどうにかしたりしようとはしなかった。父親などむしろ逆に、いい気晴らしになるからと、熱愛する3Dキューブ番組を勧めたくらいだ。

少女にたったひとつ欠けているのは両親の真の愛情だったが、だれもそれについては気がつかなかった……パス本人さえも。彼女はまだ幼すぎて、保護や愛情を言葉として知っているだけだった。実感がともなっていなかったのだ。

パスは感情が豊かにならないまま、趣味のホログラムに逃避するようになった。自分で定義した世界をつくりあげていったのだ。彼女にとってホログラムはイメージでありながら、現実でもあった。そんな〝現実〟のなかで、彼女はその言葉の意味を理解していった。すなわち、物質としての実存を。

やがて、無意識下の心理的圧力がひとつの能力を発達させた。思考イメージを現実の物質として顕現させる能力を。最初は無意識に遊んでいるだけだったものが、苦々しくも真剣になっていく。そのころ無限アルマダが銀河系に到達し、サスクルージャー人のアルマダ第三〇一七部隊がアプトゥト星系にやってきた。

彼女のなかに……やはり無意識に……固定観念が生まれた。ペリー・ローダンをトラカラトにおびきよせ、はっきりわからせなくてはならない。無限アルマダや、クロノフォシルの活性化や、エレメントの十戒のことなどよりも、銀河系住民の運命にこそ気を配るべきだと。

思考イメージを現実化する能力に目ざめた彼女は、だれがやっているのか知られることなく、トラカラトを不安と恐怖に沈めることに成功した。アンティの責任者たちはその原因がサスクルージャー人にあると考えたが、サスクルージャー人のほうは事態が理解できないまま、完全に蚊帳《かや》の外におかれていた。

不可解なできごとの知らせは《バジス》にいるローダンにとどき、かれは自身の目でたしかめるため、アプトゥト星系に急行した。これは、ともすればテラに引きよせられがちなローダンを案じた、タウレクのあと押しによるものだった。

パスはトラカラトを訪れたローダンに、考えられないかたちで能力を披露した。だが、事情が明らかになると、テラナーは少女に理解をしめした。かれを乱暴に翻弄《ほんろう》しただけでなく、文字どおりたたき落としたというのに。

パスは無許可の実験で重大な結果を引き起こしたため、アンティ政府から処罰される恐れがあった。アンティは彼女の奇妙な能力を〝治癒する〟べく、あらゆる手段を考慮していた。

だが、それはローダンの意に沿わず、かれは少女をそのまま自分に同行させた。パシシアの両親は意味を理解できないままこれを平然と受け入れ、反論しようとはしなかった。

ローダンはその後、テラで少女をジェニファー・ティロンに託した。パスはロナルド・テケナーひきいるヴィーロ宙航士部隊にくわわり、かれらとともにエスタルトゥへと向かった。

パスはその後、数カ月かけて、ジェニファーのひかえめな指導のもと、あらたな生活環境になじんでいった。はじめて人間のほんもののぬくもりに触れ、ジェニファーとなら数時間にわたり、冷静に話し合えるようになった。

少女の急激な成長と心の安定に寄与したものはほかにもあった。ペリー・ローダンとの出会いだ。それは彼女に衝撃をあたえた。まさかローダン本人が、彼女のばかげた悩みを解決するため、トラカラトにやってくるとは思っていなかったのだ。父親が垂れ流す話を聞きつづけたせいで、彼女はローダンを近よりがたい、ほとんど非現実的な存在のように感じていたから。そんな思いこみが解けたことも彼女の役にたった。

とはいえ彼女も、多くのギャラクティカーをとらえた異郷への憧れから逃げることはできない。故郷との絆《きずな》をすべて断ち切ってあらたな生活をはじめるのは、むずかしいことではなかった。なによりも重要なのは、彼女がもう孤独ではないということだ。

パスはこうした体験をへて、子供っぽい反抗心と奇矯《ききょう》な態度の多くを捨て去っていった。あらたな自意識が目ざめていく。自分はここにいていいんだ！　それだけではなかった。現実ホログラムをつくりだす彼女の能力は……ジェニファーはそれを秘密にしていない……状況によってはきわめて有用となる。テクの伴侶《はんりょ》は大きな苦労もなくパスに、自分は必要とされているという自信をあたえることができた。

ただ、ひとつだけ問題があった。心がおちついたせいか、意志力だけでホログラムをつくりだす能力が低下してきたのだ。パスとジェニファーのふたりだけで、ほぼ秘密裡《り》に実施した実験では、ホログラム像なら問題なくつくりだすことができた。だが、ちゃんとした物質ホログラムをつくれるかどうかは、やってみないとわからない。

「あなたは現実ホログラム能力者なのよ」ジェニファーは何度かそう主張したが、懐疑的な視線が返ってきただけだった。ジェニファー自身にも、それが自分の願望を反映した言葉にすぎないのかどうか、よくわからなかった。

パスの外見に変化はなかった。いつもどおり色白で痩《や》せすぎの、身長一・六五メートルの少女だ。赤みがかったブロンドのストレートヘアを肩までのばし、そばかすの散った顔にはどこかいたずらっぽい表情があって、ときどきジェニファーでさえとまどいをおぼえた。

大人びた態度を見せるものの、その肉体はまだ充分に成熟していない。精神のほうが肉体よりも数年ほど年かさなのだ。

痩せているのをかくすため、身につけているのはいつもゆったりと流れるような、くるぶしまである衣服だった。その下には船内コンビネーションか、セラン防護服を着用している。ジェニファーはそれを奇妙だといってとがめたりしなかった。少女の適応プロセスはまだはじまったばかりなのだ。

パスには自分自身を知るため、どう見ても休息が必要だった。だが、彼女が負うべき責任もある。そのことを、心理学者にして養母でもあるジェニファーはまだ告げられずにいた。

「きみを責めているわけじゃないんだ、パス」スマイラーは説明した。「われわれ、目的を持ってここにきたのに、なにも達成できていない。さっきレジナルド・ブルとロワ・ダントンと話をした。かれらは《エクスプローラー》と《ラヴリー・ボシック》で〝第三の道〟の意に沿った目的地をめざしている。あちらのほうがうまくいっているようだ。ロワはかなり大きな星間帝国が存在する手がかりを発見し、そのシュプールをたどれば、かれが希求する目的に到達できると信じている。また、《エクスプローラー》複合体はこのうえなく快適らしい。だれもが好きなことをして、ブリーもこのあらたなかたちの自由が気にいっているそうだ。で、われわれは？　なにもなしとげていない。徐々に欲求不満を募らせているだけだ」

「そこまでひどくはないでしょう」ジェニファーが反論した。

「そこまでひどいんだよ、愛しい人」テケナーは両手を握りしめた。「ひろい宇宙の奇蹟への憧れは、うまくいかないからってなくなるものじゃない。自分をだますことはできないし、きみも自分をだますべきじゃないんだ。なにかをなしとげなくては」

「ヴィーの意見を訊いてみたら？」と、パス。

「もう話してみた」テクは首を横に振った。「船がわれわれよりも賢いわけじゃない。こちらの希望を先どりしているだけで、しかも、その実現にはかなりの制約があるようだ。見てきたとおり、エレンディラの前方にはなにもないから。ヴィールス・ポジトロニクスの知性でも失敗するということ」

「エレンディラはもう近いわ」アンティの少女はヴィーが投影したホログラム映像を指さした。「ここになにもなくても、あそこにはあるかもしれない」

「悪くない考えだ、パス」スマイラーがうなずいて同意する。「わたしもそう思っていた。広大な銀河で行方不明になった宇宙船のシュプールを探すのはもちろん難題だが、この虚空をあてどなくうろつくより、まだしもましだろう。ここでの捜索は打ち切って、エレンディラに向かう。向こうでさらに捜索を続行しよう」

ジェニファーは自分がその計画に、すくなくとも軽い懸念をおぼえていることを自覚した。考えこむようにかぶりを振る。それでもパスがうなずくと、心理学的な観点から、夫の考えに賛同した。

そのとき、ヴィールス船の声がした。聞きやすく調整された深い女声だ。

「奇妙な通信を傍受しました、ロナルド。内容は聞きおぼえのない慣用句で、信号は微弱ですが、救難信号に典型的な特徴があります」

「聞かせてくれ、ヴィー」

「了解」

司令室全体に、ぱちぱちという音がかすかに響いた。つづいて短い信号の断片が、モールス信号のように切れ切れに聞こえる。音量が大きく上下した。

「短距離を移動します」船がいった。「べつの位置で信号を受信し、発信ポジションを探測するためです。異論はありますか?」

「いや、ない」テケナーが急いで答える。

意味をなさない信号音のあいだに声がまじった。荒々しい響きだが、懇願しているようでもある。テケナーには理解できない言語だ。声の音量の変化も大きかった。背後でささやいている程度だったものが、いきなり明瞭に聞きとれるようになったりする。

「個々の単語の意味はわかります」船がいった。「ただ、単語同士に関連がありません。最初の方位測定は完了しました。再度、位置を変えます。かまいませんか?」

「もちろんだ」と、テケナー。「向こうはなんといっている?」

「許可証を持った……ならず者。この許可証は特権という意味かもしれません。〝ゴリム〟という単語が頻出します。特別な意味のある名称だと思われます。いまのところ、これでぜんぶです」

「けっこう。方位測定はどうだ?」

「発信源は十八光年ほどはなれたポジションです。送信を意図していない印象があります。ひとり言をいっていて、通信機のスイッチが入っているのを忘れているようです」

「救難信号じゃなかったの？」パスが興味をしめした。

「救難信号ではありません」ヴィーは最初の推測を修正した。

「行ってみよう」テケナーが決断。「十八光年なら目と鼻の先だ」

「すでに向かっています」

《ラサト》は乗員も気づかないうちに航行を再開していた。ヴィーは司令室中央にあらたにホログラムを投影した。表示の意味は色分けでしめされる。今回は二本の濃いブルーの二重線で、遠距離探知の結果が追加されていた。

背景にはエレンディラの星々がエコーとなって反射している。そのはるか手前に、かなり大きな輝く光点がひとつあった。その光点が、両端の膨らんだ短い線になる。ヴィーが縮尺を拡大した。長さは百メートル以上、まちがいなく宇宙船だ。

基本構造は金属の骨組みで、そのなかに不規則に、さまざまな残骸のようなものが〝吊りさげられて〟いる。

「信号はあそこからきています」ヴィーが報告した。

「通信を試みてくれ。近くから見てみたい」テケナーがいった。

3

ロンガスクのつぎはぎの宇宙服には通信機も装備されていたが、スイッチを入れるという考えはなかった。宇宙戦闘の瓦礫のなかでたったひとりだったたし、掠奪品のことで頭がいっぱいだったから。

自分より優先順位の高いべつのシャバレ人が介入してきて、権利を侵害されるのではないかと恐れたのだ。だから、できるだけ多くの掠奪品を確保しようと躍起になった。みじめな時期をすごし、他人から〝宇宙盗賊〟と侮蔑的に呼ばれてきて、それでなくても富には縁がないのだから。

まず残骸のあいだをうろついて、価値がありそうなものに目星をつけていく。こういうときのかれの目利きはたしかだ。ここで暴力的に破壊され、犠牲になったものを、頭のなかだけで再構築できる。

まったく異なるふたつの物体の残骸が見つかった。片方はまちがいなく中型の宇宙船だ。再構築してみると、ゴリムの船だとわかった。

ゴリムとは、ソタルク語で……ロンガスクはほかの言語を知らないので、会話と思考にはもっぱらソタルク語を用いる……ずばり〝異質な存在〟を意味する。シャバレ人でないもの、戦士カルマーに帰属しないものは、基本的にすべてゴリムになる。

中型ゴリム船の残骸は周囲数キロメートルにわたって散乱していた。もうひとつの物体のほうはさらに遠く、ロンガスクの原始的な探知機の範囲外までひろがっている。その大きさから、宇宙ステーションだったにちがいない。残骸を頭のなかで再構成しても完全なかたちにはならなかったが、それで充分だった。宇宙ステーションのほうもかれにとってきわめて異質で、それゆえにゴリムだ。中型宇宙船との構造上の共通点は見いだせない。

戦士の力によってここで死んだはずの生命体のことは、ほとんど気にならなかった。かれらは永遠の法則にしたがったにすぎない。戦闘において、力の劣る者は退場するしかないのだ。ロンガスクは事実上、そうした犠牲者たちの遺物で生活している。重要なのは、ここでひとつのドラマが起きたということだけだ。

ひととおり見てまわったあとは、もうすこし的を絞っていく。水耕栽培設備が見つかった。上部の透明なおおいの下で植物が育っているのが見える。まずそれを回収し、《キャントレリイ》に吊りさげることにする。役にたたない残骸につながっていた接続部をいくつか切断すると、設備は自由になって、宇宙空間をゆっくりと漂いはじめた。

遠隔操作で自分の宇宙船の牽引システムを作動させる。前回同様、牽引ビームは位置が固定されたままだ。苦労して掠奪品を所定の位置まで動かし、《キャントレリイ》に収容できるようにする。

これで当面、食糧問題は解決した。有機物ならなんでも食べるアザミガエルも満足するだろう。

次に、ゴリム船のエンジンに飛ぶ。だが、ここでは失望させられた。全体的に損傷がひどく、使えそうなものは見つからなかったのだ。

ほかになにかないかと探していると、樽形のタンクを発見した。二個の投光器の光のなかで、はずれた接続ホースが揺れている。タンクの周囲にはちいさな球体がいくつも浮遊していた。ひとつ捕まえて確認すると、それが液体で、たぶん水であることがわかった。宇宙に水源は存在しない。かれは満足げに考えた。どんな物質をふくんだ水であれ、これは回収するしかない。

もう一度牽引ビームを遠隔操作しようとしたとき、ヘルメット内に刺すような警報音が鳴りひびいた。胸部プレートの表示を確認する。またしてもリサイクル・システムの不具合だ。悪態をつき、故障個所を特定しようとしたが、うまくいかなかった。早めに《キャントレリイ》にもどらないと、とんでもないリスクを背負うことになる。

牽引ビームはすでに作動して、物体が牽引範囲内に入るのを待っている。急ぐ必要があった。ここではすべての動きが緩慢で、牽引ビームは捕捉したものを、それがなんであろうと関係なく、《キャントレリイ》に引きずりこんでしまうから。

以前にそうなったことがあるのだ。そのときの瓦礫の山は金属が溶融してできたなんの価値もない塊りで、船の司令スタンドをほぼ完全に粉砕してしまった。さいわい、ガラガラとコクーンはこの意図しない攻撃を生きのびたが、ロンガスクが住居を再建するには何日もかかった。

大あわてでリサイクル・システムの故障個所を探す。からだにはなにも感じないので、宇宙服の表示に全面的にたよるしかなかった。空気は清澄で、ほかにもとくに異状は感じられない。

ようやく故障個所を特定すると、かれはロボット脚で地団駄《じだんだ》を踏んだ。警報を発したのは排泄《はいせつ》物容器で……理由はからっぽだからだ！　制御システムのどこかで不具合が起きたにちがいない。

とにかく、これで液体の入ったタンクを回収することができる。苦労してタンクを牽引範囲まで運んでいき、ようやく準備ができた。《キャントレリイ》からかなりはなれてしまったため、動きだすまでに時間がかかる。ロンガスクは息をととのえ、短い休憩をとった。毛皮が汗ばんでいる。リサイクル・システムの吸湿装置がフル稼働で湿気を吸収した。

次の掠奪品に向かおうとしたとき、はげしい閃光に目がくらんだ。驚いて、瞬間的に目を閉じる。

ふたたび目を開くと、ちいさな水滴が浮かぶ雲のなかにいた。タンクは無数の破片に変わっている。なにが起きたか理解できなかった。それでなくても神経質なかれの視線があちこちをさまよう。二個の投光器が周囲の残骸の上を動きまわって、色とりどりの絵を描いた。

だが、とくになにも見つからず、かれは牽引ビームが誤って爆発を引き起こしたのだろうと結論した。

それでも確信はなかったので、念のため、船と連絡をとってみる。ポジトロニクス部品に通信機がついているガラガラは応答しない。かわりにべつの、よく知っている声が聞こえた。アザミガエルだ。

「孤独とグレイの鼻は老いたウサギには似合わない」

「マイクロフォンの前からどけ!」シャバレ人が叱りつける。

「マイクロ壊れた」と、プルンプ。

ようやくガラガラが応答した。

「通信」ポジトロニクスが簡潔に報告する。「既知の宇宙船、脅威。《リトゥーロ》。クロスクルト」

「呪われた宇宙の汚物とエレンディラのあらゆる悪魔にかけて！」ロンガスクは怒り狂って叫んだ。液体のタンクを破壊したのがだれなのか、はっきりわかったから。「どこにいる、許可証持ち！」と、わめきつづける。「まともなシャバレ人の役にもたたない貪欲なハゲタカめ！」

「まだひとつだけチャンスがあるぞ、薄汚い宇宙盗賊」声が聞こえた。「口を閉じて、ここから立ち去れ！」

「クロスクルト！」ロンガスクは泣き落としを試みることにした。うまくいかないだろうとは思ったが。「ここにはたっぷりふたりぶんの掠奪品がある。わたしは生きのびるのに必要なぶんを、ほんのすこしもらえればいい。それ以外はぜんぶあんたのものだ」

ランクの高い自由掠奪者は皮肉な笑い声を響かせた。ロンガスクは必死で探すが、もうひとりのシャバレ人を発見することはできない。

「おろかで汚いおまえのような宇宙盗賊は、やはりなにもわかっていない。わたしは戦士カルマーの輜重隊員だ。おまえはわたしがのこしていったもので生きればいい。それでたりなければ、窒息してしまえ。それともおまえの鼻先に、わたしの力の象徴である私掠許可証を突きつけようか？　ろくな航行能力もない、そのみじめなぼろ船を破壊してやろうか？　おまえの不潔な腹に風穴をあけるほうがいいか？」

「あんたに心はないのか！」

「あるとも」クロスクルトが皮肉たっぷりに答える。

ロンガスクは突然、自分がグリーンのエネルギー・フィールドにつつまれていることに気づいた。宇宙服の貧弱な装備で抵抗しようとしたが、チャンスはない。エネルギー・フィールドは本人の意志などおかまいなく、かれを現在ポジションから瞬時に遠ざけた。ふらつきながら宇宙空間を運ばれていく。宇宙服の金属部分にちいさな破片がぶつかる耳ざわりな音が聞こえた。

「プルンプ！　助けてくれ！」マイクロフォンに向かって叫んだが、まったく意味はない。

グリーンのエネルギー・フィールドが消えても、宇宙盗賊の不本意な飛行はつづいた。なにに引っ張られているのかもわからない。そのときたまたま、目印として《キャントレリイ》に設置した位置表示灯が目に入った。まっすぐそちらに向かっている。

突然、理解がひらめいた。シャバレ人の有力者、許可証持ちのクロスクルトが《キャントレリイ》の牽引ビームでかれをつかまえ、収容させようとしているのだ。

牽引ビームを切ろうと、宇宙服の胸部パネルを探る。怒りのあまり、感覚は混乱していたが、どうにかうまくいった。

牽引力が消滅する。

「これがコメディなら、なかなかいい役だが」姿の見えない自由掠奪者があらたに力をしめすかのようにいった。「わからないようだな、宇宙盗賊。戦士にしたがう者に対抗するすべなど、おまえにはないのだ」

ロンガスクは衝撃を感じた。頭がヘルメットの内側にぶつかる。おまけにふたつの警報が同時に鳴りだした。頭がぼんやりして、なんの警報なのかよくわからない。

突然、牽引ビームが復活した。

「さっさと消えろ」自信に満ちた声が響く。「わたしの忍耐にも限度がある」

ロンガスクは運命を受け入れた。なにもかも無意味だった。私掠許可証を持った自由掠奪者相手にチャンスはない。慈悲や配慮も期待できなかった。クロスクルトにじゃまされる前に水耕栽培設備を《キャントレリイ》に運びこめたのが、せめてものなぐさめだ。

自分の宇宙船が近づいてきた。背嚢を作動させ、牽引ビームの範囲外に出る。ぎりぎりで格子構造物に着地できた。司令スタンドのハッチを見つけ、《キャントレリイ》の内部に入る。

「ガラガラ。指示は?」ポジトロニクスがたずねた。

「腹が減った!」アザミガエルが騒ぐ。

宇宙盗賊はヘルメットを収納した。探知スクリーンにクロスクルトの《リトゥーロ》の不気味な輪郭が表示されている。許可証持ちの宇宙船もかれの船と同じようなよせ集めだが、向こうは威厳と力をはなっていた。

その力を、すぐにまた感じることになる。

「ぶじに屑鉄に着地したか、宇宙盗賊？　ショックで応答できないか？」クロスクルトの笑い声が響いた。「運が悪ければハッチは開いたままだな。消え失せろ！」

《キャントレリイ》が吹っ飛んだ。プルンプは悲鳴をあげ、弾丸のように司令スタンド内を転げまわった。ガラガラとコクーンも咆哮《ほうこう》する。

ロンガスクはいつのまにか手すりをつかみ、しがみついていた。《キャントレリイ》は老朽化した加速度相殺《そうさい》装置では打ち消せないほどの勢いで加速していく。探知スクリーン上のエコーはたちまちちいさくなった。

宇宙盗賊は悪態をついた。

「宇宙ペストに食われてしまえ、クロスクルト！　戦士のこぶしがあんたを粉砕しますように！」

クロスクルトから返事はない。残骸が散乱するポジションがかろうじてそれとわかる程度の光点になったころ、《キャントレリイ》はようやく相手のすぐれた技術の鉤爪から解きはなたれた。

飛行が安定する。ロンガスクは起きあがり、システムを点検した。また修理に数日かかるだろう。それでもあのむかつく許可証持ちとの邂逅《かいこう》を生きのびたのだ。

アザミガエルがべちゃべちゃと鳴きながら近づいてきた。

「いいものをやろう」シャバレ人はカエルを持ちあげ、球状のからだに生えた棘をそっとなでた。「これを見ろ！」

ちいさな船尾船倉の装甲カバーを開け、なかをのぞく。エンジン区画と司令スタンドのあいだの金属骨格に吊りさげた掠奪品はすべて熟知していた。

集めたがらくたに目をやり、はっとする。

「あの野郎！」思わず声が出た。水耕栽培設備は影もかたちもない。クロスクルトはかれをほうりだす前に、貴重な掠奪品を切りはなしていたようだ。

「残念だったな、ちび。また人工飼料でがまんしてもらわないと。宇宙ネズミのクロスクルトのやつ、どんなかけらものこしておいてくれなかった」アザミガエルにいう。

「夢のネズミ」またしても飼い主の言葉の断片をとらえて、アザミガエルがいう。理解はしていないが、その言葉は正鵠《せいこく》を射ていた。ロンガスクはカエルを無視して宇宙服を脱いだ。そのとき不注意で、貴重な装備をとりおとしてしまう。ロボット脚が間一髪でカエルにぶつかりそうになった。

宇宙盗賊は気にもかけない。怒りを発散させる対象が必要だった。

「ガラガラ。通信」ポジトロニクスが報告してきた。

「いまは休息が優先だ！」

「ガラガラ。クロスクルトから」

「まだなにかほしいのか？」ロンガスクの目が怒りでさらに燃えあがる。舌がちいさな蛇のように口から突きだした。

「宇宙盗賊よ」同族有力者の声が響いた。「おまえのおかげで有用なシュプールが得られた。あのゴリム船と破壊されたステーションはじつに重要なものだ。だから今回は例外的に、感謝を表明したい」

「どうするつもりだ？」ロンガスクは信用していない。あらたな罠の気配を感じとったから。

「役にたつ座標を教えてやろう、宇宙盗賊」と、クロスクルト。「エレンディラの周縁部を調べてみろ。おまえが心から望むものが、すべてそこにある」

つづいて座標が表示された。ロンガスクには理解できないが、ポジトロニクスからはこんな報告があった。

「ガラガラ。了解」

「戦士の忘れられた古戦場か？」宇宙盗賊は好奇心を刺激された。欲望も。

「すぐにわかる」クロスクルトは笑った。「そのぼろ船がそこまでたどり着けるなら」

ロンガスクはやる気になった。ポジトロニクス二基の助けを借りてコースをプログラミングする。データを見ると、目的ポジションは故郷銀河の方向だ。

《キャントレリイ》の骨董品のエネルプシ・エンジンが、あえぎながら始動する。船が速度をあげると、もうクロスクルトからの通信はなかった。

あちこちで無数の警告灯が点滅しているが、シャバレ人は気にしなかった。脱いだ宇宙服を手にとり、排泄物容器の故障個所を見つけようとする。センサーの不具合のようだ。実際、そのとおりだった。ちいさな脂肪の塊りがセンサーに付着し、そのため誤って警報が鳴ったのだ。

すこし満足して作業を終えた瞬間、《キャントレリイ》内に警報が鳴りひびいた。主ポジトロニクスが報告する。

「ガラガラ！　ガラガラ！　エネルプシ・エンジン故障。通常空間に復帰」

「苦情空間に腹痛」アザミガエルがべちゃべちゃ声でいう。

ロンガスクはおちつきはらっていた。そんな故障は何度も経験してきている。かれは熟練した修理の腕を持っていた。

「目的ポジションまでの距離は？」第一の関心事は、とにかく掠奪品だ。

「ガラガラ。あと六光年」

「はらぺこうねん！」と、プルンプ。

「探知機のスイッチを入れろ！」

「ガラガラ。介入不可。自力で」

かれは探知機を作動させ、クロスクルトがしめしたセクターを調べた。いくらやってもなにも見つからない。許可証持ちがまた、かれをからかったにちがいなかった。それとも、ガラガラが座標を誤って解釈したか。

エネルプシ航行が中断したため、べつのポジションに出現したのか。

答えが返ってくるとも思えないので、それ以上考えるのはやめておく。

アザミガエル用に人工飼料をいくつかと淀んだ水を見つけ、自分には食糧庫から最後ののこりものをかき集めた。

《キャントレリイ》の司令スタンドにはテーブルなどないので、床にすわって粗末な食事をとる。すぐ横に宇宙服〝鉄の乙女〟が転がっていて、通信装置のスイッチが入ったままだったが、いらだっているシャバレ人はそのことに気づかなかった。

咀嚼《そしやく》しながら自分を叱咤《しつた》する。プルンプが短く甲高《かんだか》い、べちゃべちゃした鳴き声をあげた。

4

「呼びかけに応答がありません」ヴィーが残念そうに報告する。「問題の信号があの物体から出ているのはまちがいないのですが」

《ラサト》の声が〝物体〟という言葉を強調し、ロナルド・テケナーははっとした。

「なにがいいたいんだ、ヴィー？」

「わたしの推測によれば、あれは難破船です」船が答える。「その場合、救難信号である可能性が大きくなります」

信号はしばらく前から途絶していた。《ラサト》は奇妙な物体に数キロメートルまで接近し、通信を送って待機している。だが、反応はなかった。

スマイラーは警戒していた。このまったくの未知宙域では、つねに待ち伏せを予測しなくてはならない。救難信号に見せかけて、おびきよせるつもりなのかもしれなかった。

「コース変更！」テケナーがいささか唐突に指示した。

ヴィールス船が指示を実行するあいだ、司令室にいるヴィーロ宙航士たちはホログラム表示された周辺環境、とりわけ未知船のようすに注目した。

まだ目立つことは起きていない。

テケナーはヴィーロ宙航士三名を三交代で司令室に詰めさせていた。もと前衛騎兵のパンカー・ヴァサレスはテケナー自身やジェニファー・ティロン同様、三交代のシフトには入っていない。必要があれば、一種のサート・フードであるヴィーロトロンを頭からかぶり、ヴィールス船とパラ身体性の共生状態に入るためだ。

ヴァサレスの席の上にはヴィーロトロンが浮遊しているが、席自体はからっぽだった。黒い肌のもと前衛騎兵は近くの居住区で休息している。本人の希望で、《ラサト》内では隠者のような生活をしているのだ。

最悪の事態になれば、唯一ほんもののヴィーロ宙航士がすぐに持ち場につける。テケナーは自分自身を《ラサト》の全ヴィー・メンターの指揮官だと理解していた。

ヴィールス船は物体から八光分ほどの距離まで接近した。呼びかけはつづけているが、応答はない。

目下、司令室の当直はユティとラカの双子のア・トレント姉妹だった。年齢は五十歳前後、ずんぐりした体型だ。aクラス火星人のため、ヴィーロ宙航士やギャラクティカーではなく〝火星生まれ〟と呼ばれるのを好む。

ユティの職務はプロトコラーだ。ポジトロニクスを使い、ヴィーや船から独立して、重要な事象をすべて記録している。彼女のポジトロニクスは、テケナーがその経験から必要と考え、ツナミ艦のコントラ・コンピュータを、ヴィールス雲を介して《ラサト》に移設させたものだ。独自のセンサーがあり、ヴィーのプロジェクションをつねにモニターしている。

ラカは警報センターを体現していた。ホロカム接続で《ラサト》の重要部門すべて、とくに二隻の大型搭載艇《プロスペクター1》および《プロスペクター2》と、つねにコンタクトしているのだ。外部からの影響で船が全リソースを使用していても、内部通信を確保しておくことができる。

三人めの当直ヴィーロ宙航士は男で、名前はファルコ・ヘルゼル。根っからの遊び人で、ばかなことばかり考えている。これはテクがかれを〝自由人〟と評したことが関わっている。この細身で黒髪の若者は、二十二年の生涯で定職についたことがなかった。

《ラサト》クラスのヴィールス船を操縦するのに、これ以上の適任者はいない。

ジェニファーは副長であると同時に、《プロスペクター1》の艇長兼メンターだった。この搭載艇は原料の供給と活用を主目的としている。これまでにジェニファーがその任務にあたったのは一度だけだが。

《プロスペクター2》の艇長とメンターはまだ決めていなかった。この艇はおもに食糧調達を任務としていて、供給は逼迫《ひっぱく》していなかったから。

両プロスペクター艇はそれぞれ複座と四座の小型機を搭載している。それらは通常のグラヴォ・エンジンのほかにエネルプシ・エンジンも装備し、《ラサト》とほぼ同等の機動力を有していた。

「ほんとうに救難信号だったとしたら、きっとすごく失望させたはずね」パスがいった。

「大急ぎで調べたほうがいいわ」

「望遠鏡を持ってきてやろう」ファルコ・ヘルゼルがいった。「それで見てみればいい。それとも昔のパラシュート部隊みたいに飛びだしていくか？　もちろん、パラシュートなしで」

パシシア・バアルは鼻にしわをよせただけだったが、突然、決意したようにいう。

「わたしが行くわ。ジェニファーはわたしに《プロスペクター2》をまかせてもいいといっていたし、メンターとしての訓練も受けたから。たぶんまだ救える命があると思う」

テケナーは、小鳥がくちばしでつつくようにパスの額を軽くつついて、

「もっと大人になるまで、ここで待っているんだな」

突然、なにかが頭に触れ、スマイラーはその場所を手で押さえた。髪を指ですいてから見ると、目の前にブルーのセキセイインコがいた。

「あなたの小鳥みたいね、テク」パスが小生意気な口調でいう。

細胞活性装置保持者は見るからにとまどっていた。《ラサト》にはヴィーロ宙航士がいろいろなペットを連れてきているが、セキセイインコは見たことがなかったし、基本的にハッチが閉まっている司令室に入ってこられるはずもない。

捕まえようと手をのばすと、インコは舞いあがってかれの頭の上を周回し、黄色い糞をスマイラーの額に落とした。

ファルコが大笑いする。

「くそ！」テケナーは悪態をついた。「こんなものを司令室に連れこんだのはだれだ？」

「残念ながらわかりません」と、ヴィー。

テケナーにはそれが重要なヒントになった。足早にパスに近づく。

「きみがプシ能力でいたずらしたな」と、指をのばして突きつける。「すぐにやめるんだ！」

「おちついて、あなた」ジェニファーが立ちあがり、夫の肩に手を置いた。「パスは任務を引き受ける力があるのを見せたかっただけよ。きっと役にたつわ。ためしに《プロスペクター2》のメンターをやらせてみたら？　わたしたちが近くにいればいい。きっとちゃんとやれるわ」

アンティの少女はジェニファーに抱きつき、テクに挑戦的な視線を向けた。スマイラーはファルコが布をわたしてくるのを待ち、額の汚れを拭《ふ》きとる。

「台本が決まっていたように思えるな。これじゃ拒めるわけがない」

「決まっていたのは台本だけじゃないわ」異星心理学者はあっけらかんと認めた。「どうしても必要なことだし、ずっと前から決めてあったの」

「この船の船長はだれだったかな？」と、テケナー。

「いまはわたしよ」ジェニファーがいった。「あなたは非番だから。きて、パス！《プロスペクター2》の乗員を決めるのを手伝うわ」

「かれもいっしょに！」パスはファルコを指さした。「マナーを学んでもらわないと」

テケナーはかぶりを振り、手を振った。屈服したのだ。

アンティの少女の現実ホログラム、ちいさなブルーのセキセイインコは、とっくに姿を消していた。

じきに、司令室にいるのはかれと、双子のユティ・ア・トレントとラカ・ア・トレントだけになっていた。ジェニファーとパスとファルコはもういない。

「まだ交代時間じゃありませんけど」プロトコラーが指摘した。

「くそ、勘弁してくれ」テケナーは悪態をついた。「女たちばかり！　どうやってツナミ艦を探せばいいんだ！」

そのときかれは、自分とジェニーに同行しようとしなかったスリマヴォのことを思いだした。

*

ヴィールス船《ラサト》は全長百九十四メートル、最大幅百五十メートル、高さが四十三メートルある。その形状は無限軌道と砲塔のない古代の戦車に似ていた。基本的には直方体で、側面は船首に向かってななめになっている。船尾はタンク状にまるまっていた。

右舷外側には搭載艇《プロスペクター1》の接舷場所があり、《ラサト》の通常航行時には、搭載艇は船と一体化する。これは左舷側の、あるいは格納庫内の搭載艇も同様だ。格納庫には四座の小型機五機と、複座の十機が準備されている。複座小型機の格納庫の下方には、《プロスペクター2》のための大型エアロックがある。《プロスペクター2》も直方体で、大きさは五十メートル×五十メートル×三十メートルである。《プロスペクター》二隻の側面もななめになっていて、ほぼすべてのヴィールス船と同じく、完全な幾何学形状はどこにも見られなかった。

パスはジェニファーとファルコとならんで、《プロスペクター2》の司令室の右舷側に立っていた。アンティの少女は透明な壁の向こうに目を凝《こ》らしているが、うまくいっていないようだ。

「ここでは独自のヴィーの声が聞こえるわ」異星心理学者が少女を安心させるようにいった。「艇長としてのあなたの任務は、それを利用することだけじゃない。積極的に駆りたててやる必要があるの。ヴィールス知性には野心や好奇心、欲望や指導力といったものがないから」

「わかってるわ、ママ」パスはそういったあと、照れたような笑みを浮かべた。ふだん彼女がジェニファーのことを〝ママ〟と呼ぶのは、ふたりきりのときだけだから。「心配しないで。ちゃんとやりきって、違う存在になってみせるから。ママみたいに」

こんどはジェニファーがほほえむ番だった。

「あなたはあなたのままでいいのよ、パス。他人のまねをしなくても、自分でやっていけばいい。こう思えば心もおちつくでしょう……わたしがけっして学べないことを、あなたはできる」

「テクの小鳥ですね」と、ヘルゼル。

「特別な存在になりたいわけじゃないの」十六歳の少女がいう。「それを理解してほしいんだけど」

「もちろんよ。わたしの理解が正しければ、あなたは難破したと思われる人たちを助けたかったのね。だったら、そうなさい。十六名のヴィーロ宙航士が手を貸してくれる。わたしはもう行くわ」

パスは身振りで同意をしめした。

「暴力は使わないこと」別れぎわにジェニファーが念を押す。「《ラサト》で充分に学んだはずね。自分が正しいと思うことをしなさい。あなたを見てきて、メンターとしてとても適性が高いことはわかってる。自分を信じなさい。あなたのそばにはファルコという有能な若者がいて、無条件で支援してくれるわ」

パスはヴィールス搭載艇の声にコンタクトした。《ラサト》と同じく、ここにも柔らかく深いヴィシュナの声が遍在している。司令室内となればなおさらだ。司令室は直径八メートル、高さ四メートルの円形ドームで、ふたつのハッチで搭載艇のほかの区画とつながっていた。

「あなたをヴィー2と呼ぶことにするわ。《ラサト》のヴィーと混同しないように」

「了解」目に見えないヴィールス知性の声が答える。

「スタート。異宇宙船に向かって。距離五百メートルまでエネルプシ航行」

少女の指示はすばやく、淀みがなかった。ジェニファーがすでに《ラサト》にもどったことはヴィーから報告がとどいている。

「黄色の点の上にテクとジェニーのホロ・プロジェクションを表示して」パスは指示をつづけた。「ホロカムでの持続的コンタクトをお願い」

「不可能です」ヴィー2が応じた。「すでに《ラサト》と物理的に接続していません」

パスは一瞬むっとしたが、すぐに自分の過ちに気づいた。

「失礼、もちろん、プシカムでのコンタクトよ」と、急いで訂正する。

「エネルプシカムを作動させました、パス」

司令室にジェニファーとテケナーの姿があらわれる。パスはほっとした。

「探知スクリーンはわたしにまかせてくれ」ファルコが申しでる。

パスが観測窓から奇妙な物体を観察するあいだ、ヴィーロ宙航士は搭載艇のどこか見えないところに収納されている技術システムを介して、外部の映像を取得した。ヴィー2がそれを大きなホロ・プロジェクションにして表示する。

「難破船のなかでなにか動いてるぞ」ファルコがいった。「金属格子のあいだを移動してる」

「接近して！」パスが観測窓から目をはなさずにいう。「投光照明を！」

ヴィー2は指示にしたがった。四本脚生物の姿が明確になる。なんとも奇妙な宇宙服を着用し、手で金属格子にぶらさがって、蜘蛛のように動きまわっている。彼女は思わず笑い声をあげた。

「あの妙な生命体はなんなの？」

ファルコも困惑しているようだ。

「微弱な信号を発しています」と、ヴィー2。「ほとんど理解できません。あの四本脚生物が発しているのはたしかですが。エネルギー備蓄が枯渇しかけているようです」

「なんとか理解できない？」パスがたずねる。

「もっと語彙が必要です」

「《ラサト》のヴィーに連絡して。あの金属の巣にいる四本脚の蜘蛛の通信を、前にも受信してるから」

「蜘蛛ですか？」ヴィー2はパスの要請を確認せずにたずね返した。

「いわれたとおりにして！」きびしい口調だ。テケナーが賞讃するような視線を妻に送ったが、パスは気づかなかった。「四本脚に接近して、牽引ビームでとらえることはできる？」

「反撃されなければ」ヴィー2はわずかに躊躇《ちゅうちょ》した。「一部の解読に成功しました。四本脚ではなく、脚は二本です。蜘蛛ではありません。名前はロンガスクで、シャバレ人の自由掠奪者と称しています。宇宙船は《キャントレリイ》……〝エレンディラの光と星〟といい、ちいさな故障をかかえています。乗員は一名だけです」

パスとファルコは宇宙船の名称を聞き、にやりとして視線をかわした。

「収容するわ！」と、アンティの少女。「ただちに！」

5

「きみが艦長か？」パシシア・バアルの正面に立った男の真紅のヘッドギアから声がした。少女は、とうていありえない宇宙服に驚きながらもうなずいた。

「浣腸か？」ロンガスクが革紐で背負ったブリキの太鼓のようなものから、べちゃべちゃした声が聞こえた。

ヴィー2がエネルプシ通信で《ラサト》にコンタクトし、最初に傍受した通信内容を取得していたので、トランスレーターは完璧に機能している。

「わたしがこの搭載艇の艇長よ」パスは名を名乗り、ファルコ・ヘルゼルと、シャバレ人を司令室に案内したヴィーロ宙航士二名を紹介した。「ヘルメットをとって、その奇妙な装備もおろしていいわ。ここの大気はあなたにも呼吸できるから」

ロンガスクがためらっているところに、ロナルド・テケナーから通信が入った。

「よくやった、パス」細胞活性装置保持者が少女をねぎらう。「《ラサト》にきたほうがいいだろう。われわれも見たいから。ロンガスクが身につけている……」

テクがいいよどんだのは、つぎはぎだらけのでこぼこの宇宙服を、なんとか当たりさわりのない言葉で表現しようとしたせいだった。

「鉄の乙女」ブリキの太鼓からべちゃべちゃ声がして、スマイラーは思わずにやりとした。

「ああ、それだ、鉄の乙女を。だから、パス、もどってこないか？」

「もう向かってるわ、テク」

ロンガスクは《ラサト》の司令室で、ようやくロボット補助脚のついた宇宙服を脱ぐことに同意した。ブリキの太鼓の蓋を開けると、なんとも奇妙な生命体が這いだしてくる。

それが鳴き声をあげると、ヴィーは〝空腹〟と通訳した。

ジェニファー・ティロンがさまざまな栄養食糧を持ってくる。シャバレ人もそのペットもむさぼるように食べはじめ、食事が終わるまでヴィーロ宙航士たちは辛抱強く待ちつづけた。そのあいだに、まるで似ていない二体の外観をじっくりと観察する。

アザミガエルのプルンプはサッカーボールくらいの大きさで、八本の短い足がある。からだは棘だらけで、色はグリーンだ。ほかに目立った特徴はない。餌《えさ》はからだの下にある、かろうじてわかる開口部から摂取している。べちゃべちゃ声がどこから出ているのかはよくわからなかった。棘が密集しすぎているのだ。ロンガスクは〝アザミガエル〟といっているが、動物なのか植物なのかもはっきりしない。

シャバレ人は満足そうにシートにすわりこんだ。

「これこそわたしの望んだ暮らしだ！」かれは目を輝かせ、賞讃するように司令室内を見わたした。舌がそわそわと出たり引っこんだりする。「まずは感謝を述べるのがふさわしいでしょうな。プルンプも同様だが、知性がないので、申しわけない」

「ほう！」テケナーはそういっただけだった。異人に話をさせたほうがいいと考えたから。

「だが、問題があります」ロンガスクはひとり言のように先をつづけた。「あなたたちはゴリムだ。わたしは許可証持ちに、あるいは戦士にさえ、いやな思いをさせられてきた。クロスクルトは《リトゥーロ》でずっとわたしを追いまわしていて、仮借なくちょっかいをかけてくるし」

「ちょっと待って」パスがテケナーの制止を振りきっていった。「よくわからない言葉が多いわ。もっとわかるように話して。ゴリム、許可証持ち、戦士、クロスクルト、《リトゥーロ》……なんのこと？　あなたはどこからきたの？　宇宙船になにがあったの？　どこに行こうとしてるの？」

「質問ばかりですな」ロンガスクがおずおずと応じる。「ひとつだけ答えましょう。それで勘弁していただきたい、ゴリム。わたしは戦士カルマーの輜重隊員です」

アザミガエルがしわがれたべちゃべちゃ声をあげ、半メートルほど跳ねた。

「嘘だ。嘘は脚が短い！」

シャバレ人はかっとなって、プルンプに投げつけられるものを探したが、《ラサト》にそんなものはなかった。

「脚が短いのはおまえだ！　自由掠奪者を嘘つき呼ばわりとは、どういうつもりだ？　こんど機会があったら、ロボットキッチンで料理してやる！」

アザミガエルはテケナーのシートの下に逃げこんだ。

「つまり、こういうことね」異星心理学者として事態を正しく把握したジェニファーがいった。「あなたは、できれば戦士の輜重隊員と名乗りたいのね。でも、ありのままを話したほうがいいと思うわ」

シャバレ人の褐色のまるい目が、犬のように従順に彼女を見つめた。しなやかな腕が支えをもとめるかのように動く。

「そうかもしれません」しばらくして、小声でそういった。「もともとシャバレ人は、だれもが戦士カルマーの輜重隊員です。ただ、想像はつくでしょう。ほかより大きな権力を有する者はどこにでもいる。すると、かれらはますます権利を得るようになる。それがものごとの流れというものなんです、あらたな友よ」

「あなたは不利益をこうむった側ということね。かわいそうに」ジェニファーがロンガスクにボールをわたすと、かれはすぐに彼女を信頼し、饒舌《じょうぜつ》になった。

「わたしは宇宙盗賊と呼ばれていまして」と、恥ずかしそうにいう。「宇宙遊民である同胞たちののこりもので生きていくしかない。なかでもひどいのは私掠許可証を持っている連中です。《リトゥーロ》……〝私掠の誇り〟という意味ですが……を駆るクロスクルトは、戦士の自由掠奪者の一員。わたしにいわせれば、卑しくて偉そうでしみったれの許可証持ちです」

「シャバレ人といったわね」ジェニファーはさらに情報を得るため、望む方向に話を誘導した。「故郷世界はどこなの、ロンガスク？」

「オスクロート」かれは毛むくじゃらの顔をゆがめた。「エレンディラ銀河の中心部のどこかにある、恒星プラアクの第四惑星ですが、わたしは行ったことがありません。宇宙生まれだから。たぶん曾祖母はもう《キャントレリイ》で飛んでいたはず。祖父もそうです。《キャントレリイ》は〝エレンディラの光と星〟という意味で、わたしの船の名前ですが」

「あなたを捕捉した、あのがらくたの塊りのこと？」パスが無遠慮にたずねる。

ジェニファーがとがめるような視線を向けたものの、ロンガスクは侮辱され慣れているらしく、無反応だった。

「エネルプシ・エンジンに不具合が起きまして。修理しようとしていたところに、あなたたちがあらわれたんです」

ヴィーロ宙航士たちは一様に驚きをあらわにした。なかば難破船のような《キャントレリイ》に、高度技術を使ったエンジンが搭載されているようには見えなかったから。

シャバレ人は話しつづける。

「あなたたちは友好的ですが、それでもゴリムだ。ゴリムは、わたしが話している〝ゾタルク語〟……戦士カルマーが祖先に教えてくれた言語……で、異人ということ。しかし、わたしは私掠許可証を持っていないし、これからも持てるとは思えないから、あなたたちを襲って掠奪することはできません」

「しないほうがいいだろうな」と、スマイラー。「カルマーとはだれだ？　宇宙遊民のひとりなのか？」

「永遠の戦士を知らない者がいるのですか？」ロンガスクが問い返す。

「わたしたちは遠くからきているの」ジェニファーが説明した。「カルマーというのは聞いたことがないわ」

「もちろん、個人的に面識があるわけではありません」シャバレ人がいう。「実際に会った者はどこにもいないでしょう。それでも、かれは遍在している。シャバレ人のほとんどはカルマーの輜重隊員で、とりわけ、高い地位の者たちは全員がそうです。クロスクルトのように」

「その相手、きみとは特別な因縁があるようだな」と、テケナー。

ロンガスクは最近のできごとから自由掠奪者との衝突までを自発的に物語った。破壊されたゴリムの船に話がおよぶと、スマイラーははっとしたが、ロンガスクが語り終えるのを待った。

そのあとヴィーにいって、ツナミ艦のホロ・プロジェクションを表示させる。

「これを見てくれ、ロンガスク。きみが見た残骸はこんな宇宙船のものだったか？　あるいは、いつかどこかでこんな宇宙船を見たことはないか？」

シャバレ人はゆっくりとプロジェクションの周囲を歩いて観察した。アザミガエルがそのあとを追いかける。

「いいえ」ややあって、はっきりと否定する。「申しわけないが、これまでに見たなかでこの船と一致するものはありません。残骸も同様です。それはまちがいない」

テケナーはこの答えを聞いてがっかりしたのか、ほっとしたのか、自分でもよくわからなかった。軽く手を振り、ヴィーに映像を消去させる。

そのあとかれは……細部には踏みこまず……この宙域にやってきた理由を宇宙盗賊に説明した。

「よろこんで手を貸しましょう」ロンガスクがいった。「ゴリムと関わったことでトラブルになる可能性はあるが、そんなものは恐くない。心配ごとには慣れています。ずっとその連続だったから。すべてうまくいったとしても、プルンプがわたしを悩ませるし。ただ、どう手を貸せばいいのかがわかりません」

「よくいってくれた」テケナーは満足そうにうなずいた。ジェニファーも目配せで、ロンガスクは信用できると伝えてくる。「ツナミ艦のシュプールを見つけるのに手を貸してくれたら、こちらもきみの力になろう。望みの場所に連れていくし、《キャントレリイ》を曳航して、必要な修理を施してもいい。まずはきみをゲストとして迎えよう」

「それはありがたいが、わたしに特別なことができるのでしょうか」と、ロンガスク。

「そのとおりだ。クロスクルトがきみを追いはらったという、永遠の戦士の戦場に案内してもらいたい」

シャバレ人はぐったりとシートに沈みこんだ。テケナーの要求に、心が躍っているようすではない。アザミガエルはスマイラーの足もとにまとわりつき、はじめてインターコスモで鳴き声をあげた。

「戦士クロスクルトをやっつけろ！」

「頭がおかしくなったようだな！」ヴィーの通訳を聞いて、宇宙盗賊がうめいた。

「おかしく！」と、プルンプ。

「わかりました、ロナルド・テケナー」ロンガスクが意を決したようにいった。「案内しましょう。そのためには《キャントレリイ》にもどって、ポジトロニクスのガラガラに座標をたずねなくてはなりませんが。それとはべつに、問題があります」

「どんな問題なの、ロンガスク?」ジェニファーがしずかにたずねる。「わたしたちも心配ごとには慣れているわ」

「クロスクルトのことです」と、宇宙盗賊。「あの自由掠奪者には用心しないと。私掠許可証を持っていて、つまりゴリムを好き勝手に襲うことができるのです。強大な相手だし、かれの〝私掠の誇り〟は磨きあげられた技術力を持つ優秀な船だ。クロスクルトに見つかったら、〝エレンディラの光と星〟はあなたたちのせいで破壊されるでしょう。わたしのせいでもある。ツナミ艦とやらを探すなら、残忍な自由掠奪者のふところに飛びこむより、べつの場所から探しはじめたほうがいいと思いますが」

「よくわかった」スマイラーは悪名高い笑みを浮かべた。「だが、その心配はわれわれにまかせてくれ、ロンガスク」

「お好きなように」宇宙盗賊は元気なく応じた。

*

ロンガスクはふくよかな火星人のユティ・ア・トレントがひきいる一隊とともに、《キャントレリイ》の司令室に向かった。パスとほかのヴィーロ宙航士二名も同行する。プロトコラーは携帯ポジトロニクスを持ってきていた。異なるシステム間では意思疎通に問題が生じるかもしれないと、テケナーが指摘したから。

一方で《ラサト》の船長にしてメンターでもあるかれは、ヴィーの助けを借りてシャバレ人の難破船を曳航しようとした。初期検査で、ロンガスクのエネルプシ・エンジンの修理がかなり複雑な作業になるとわかったのだ。

四座搭載機が《キャントレリイ》の船首下部に接舷。全員、宇宙服を着用している。ヴィーロ宙航士たちはぼろ船の技術システムを信用していなかったから。ただ、宇宙盗賊は〝鉄の乙女〟の着用に固執《こしゅう》した。ジェニファーが最新のセラン防護服を《ラサト》の備品から提供しようとしたのだが。

プルンプはヴィールス船にのこった。飼い主と別々になっても気にしないようだ。ファルコが面倒を見ている。なかなかうまい。

「ドッキングの可能性を計算してみたんだ、パス」細胞活性装置保持者がアンティの少女にいった。「そっちの結果はどうだった？」

「ガラガラが座標を教えてくれたわ、テク」ただちに応答がある。「でも、なんだかいやな感じがする。この船は内部もまるでごみ溜めよ。がらがら音をたてるおかしなポジトロニクスの出力結果も、やっぱりぱっとしないわ。ロンガスクは信用してるけど」

パスたちが帰還し、《キャントレリイ》は《ラサト》と連結された。

テケナーはヴィーの助けを借りて、受領した座標を検証した。しめされたのはエレンディラ銀河の周縁部だ。距離は八十二光年たらずで、探知の結果、その空間にはほぼなにもないことがわかった。

「スタートする」準備がととのい、《キャントレリイ》が確実に固定されていることを確認すると、スマイラーがいった。「慎重に航行し、つねに探知をおこたるな」

「信用してないの？」パスがたずねた。アンティの少女の態度は明らかに大きく前進していた。

「たぶんな、お嬢ちゃん」テケナーがはぐらかすように答える。「古い格言があるんだ。〝転ばぬ先の杖〟ってね」

「そろばんの先の船」アザミガエルがインターコスモでいい、飼い主に異人の言葉を学ぶようながした。

ヴィーが最初のエネルプシ区間の二十二光年をジャンプすると報告。テケナーはその時間を利用して、ロンガスクと話をすることにした。

「クロスクルトの私掠許可証のことを何度か話していたが、見た目はどんなものなんだ？　どんなふうに見える？」

宇宙盗賊は質問の意味が理解できないというように、ぽかんとテラナーの顔を見つめた。そのあとかれをわきに引っ張っていって、小声でこういった。

「わたしも正確には知りませんが、効果はほんものです。クロスクルトとはじめて会ったとき見せられたが、恐怖に圧倒されました。ずいぶん昔の話ですが」

「想像がつかないな」と、スマイラー。「書類なのか？　証明書のようなものか？」

「いやいや！」宇宙盗賊はウナギのように身をくねらせた。「効果があるんです。劇的な」

「だが、かたちはあるわけだろう！」

「見ればわかります。重要なのは外観ではなく、その効果です。圧倒的なんです。とても表現できない」

「どんな見た目なんだ？　たとえ意味がなくても、興味がある」テケナーは食いさがった。

ロンガスクは右手をあげ、おや指のない手でこぶしをつくった。「私掠許可証はこんなかたちです。破壊的なこぶしのような効果があります」

それ以上のことは聞きだせなかったが、テケナーには明確に感じるところがあった。太陽系をはなれる前、ストーカーがレジナルド・ブルとロワ・ダントンとかれに一種の通行許可証のようなものを押しつけたのだ。それはエスタルトゥの力の集合体で〝開け、ゴマ〟の呪文の役目をはたし、かれらの前の扉が開かれるという。〝パーミット〟と呼ばれ、指のない金属製の手袋のようなかたちで、左腕にぴったりフィットした。テケナーはストーカーが持ちだすあらゆる事物同様、あの奇妙な物体のことも最初から信用していなかった。かれにとっては、ストーカーが告げた以外になにか目的があるのは明らかだったから。とはいえ、証拠らしい証拠はない。もと警告者がツナミ艦消失の原因であるという証拠がないのと同じことだ。

テケナーのパーミットは《ラサト》がスタートして以来、ずっとかれのキャビンに眠っていて、だれにも見せていない。

ロンガスクが描写した私掠許可証も、どうやら似たもののようだ。

ヴィーから報告が入り、スマイラーは考えごとを中断した。柔らかな声は確信がなさそうで、それが《ラサト》のメンターに呼びかけてきた理由だと思えた。

「探知を確認しました」と、ヴィールス船がいった。「なにもないところに探知結果が生じたのです」

たしかに混乱しているようだ。

「映像は?」制御プロジェクションを見ると、《ラサト》は通常航行にもどっていた。

「問題があって、まだ作業中です」

「どんな問題だ?」

「この物体には関わらないほうがいいと考えます」

スマイラーは顔をしかめたが、ヴィールス知性もまた、おびえたり恐がったりするのかもしれないと思った。いずれにせよ、エレンディラ近傍宙域の物体には興味があり、無視することなど夢にも考えられない。

かれはきびしい口調になった。

「だめだ！　映像をすべて表示しろ。それを見て状況を判断する。いいな、ヴィー？」

「はい、もちろん」その返事にはやや反抗的なものが感じられた。

しばらく待ったが、なにも起きない。ジェニファーが不満そうな表情でかれの横に立った。

「ヴィーが過ちをおかしたか、障害を持ってる可能性を考える必要があるわ」と、テクにだけ聞こえるように小声でいう。「暗黒エレメントのせいで、とりかえしのつかないダメージを受けたのかもしれない」

「どうした、ヴィー？」テケナーは大声をあげた。「映像を見せろ！　航行を停止させたか？　答えろ！」

「停止しています。通常探知の最初の映像です」すぐに返事があった。

司令室に奇妙な構造物のホロ・プロジェクションが出現した。テケナーは、未知技術で建造された宇宙ステーションの半分という印象を受けた。のこり半分との境界面は輪郭がぼやけ、ほつれている。こんなふうに〝半分〟になるのが自然現象であるはずはなかった。

「次に、超光速航行中にわたしの注意を引いた探知映像です」と、ヴィー。

それは最初の映像ののこり半分だった。こちらにもやはりぼやけた境界面が見える。

「どういうことだ？」スマイラーは驚いてたずねた。

「制御測定が完了しました」と、ヴィーが報告。「これは大きく破損した未知の宇宙ステーションで、生命体は存在しません。物体の半分は通常空間に、のこり半分は五次元空間に存在しています。ぼやけて見えるのが移行領域です」

「同じひとつの物体が、どうすれば異なるふたつの次元にまたがって存在できるんだ？ステーションのそもそもの機能はなんだ？」

「確実なことはわかりません」どうやら反抗心を乗りこえたらしいヴィーが答える。「ステーションが遠距離輸送の拠点になっていた可能性はあります。たぶん、同時に防衛拠点でもあったでしょう。次元の重複は施設の破壊がきっかけになったとも考えられます。攻撃を受けてハイパーエネルギー性の負荷がかかったのかもしれないし、内部のシステムやマシンが故障したのかもしれません。バランスが不安定なので、近づいて調査することは推奨できません。なにが起きるかわかりませんから。半分になったステーションの一方の側の相対質量が変化した場合、別次元側に引きずりこまれる恐れがあります。これはべつの時間平面に投げだされることを意味します」

テクはちらりと妻を見たが、彼女は問いかけるような表情を見せただけだった。

「消えたツナミ艦との関係をしめす証拠は、どうやらなさそうね」と、ジェニファー。

「危険は避けて、このまま前進すべきだと思う。記録はとってあるから、これ以上できることはないでしょう」

「ロンガスク」スマイラーは床にすわって鉄の乙女をいじっているシャバレ人に声をかけた。「この物体を知っているか？」

「ゴリムです」と、宇宙盗賊。「見たことがないから」

「航行をつづける」細胞活性装置保持者は決断した。

「合理的です」ヴィーがコメントする。

「不合理的」アザミガエルがべちゃべちゃという。

航程の途中で一赤色巨星を発見した。シャバレ人のいう座標にしたがった目標宙域の近くだが、ロンガスクはその恒星のことをなにも知らなかった。かれにとってたいした意味がなかったから。かれの故郷はなにもない宇宙空間なのだ。

《ラサト》が通常空間に復帰すると、ヴィーがすぐさま警報を鳴らし、いくつかの物体を表示した。

もとは直径が三百メートルくらいの、半壊した宇宙ステーションがひとつ。直径五百メートルほどの不恰好な金属塊がひとつ。ヒューマノイドの姿がいくつかと……

……ロボットだ！

テケナーはロボットを見た瞬間、思わず声をあげていた。反射的に、《ツナミ11

4》を発見したときホログラム記憶装置からあらわれた戦闘マシンを思いだしたから。

あれと同じタイプのロボットだ！

金属塊に近づいて観察し、息をのむ。かれの訓練された目は、ツナミ艦の外殻のみに使われる字体で書かれたテラの文字の〝3〟を見いだしていた。

6

「あれは《リトゥーロ》、自由掠奪者クロスクルトの船です。どうやら、まっすぐ罠に飛びこんだようですな」

ロンガスクはそういって、ロナルド・テケナーが金属塊と思っていた構造物を指さした。

テラナーはとまどいのあまり、すぐには反応できなかった。この発見はかれが正しいシュプールを追っていたことの証明であると同時に、《ツナミ113》がすでに存在しないことを確実に物語っていた。

「あそこ！」ジェニファー・ティロンが発光ポインタで《リトゥーロ》のべつの場所をしめした。ごちゃごちゃとよせ集められた金属のあいだに外殻が露出し、文字が半分だけ見えている。やはりツナミ艦に使われる字体の〝T〟だった。

もう疑問の余地はない。あれは《ツナミ113》の残骸だ！

《ラサト》はふたつの物体から八万キロメートルはなれたポジションにいた。《リトゥーロ》に関するロンガスクの話が事実なら、この奇妙な外観の宇宙船がヴィールス船を探知している可能性がある。

「待機！　ゾンデ射出！」テケナーは息を荒らげた。さらに大きな発見が迫っているという感覚がある。だからこそ注意をおろそかにしたくなかった。

　ときに小型プラットフォームで、ときに単身で《リトゥーロ》となかば破壊されたステーションのあいだを往来しているヒューマノイドたちは、どれもロンガスクに似ていた。着用している宇宙服は宇宙盗賊の〝鉄の乙女〟と同じように不恰好だが、形状は似ていない。

「全員がシャバレ人で、自由掠奪者の手下です」細胞活性装置保持者の横に立ったロンガスクがいった。「あのなかにクロスクルトがいるはず。あるいは、本人は〝私掠の誇り〟のなかにいて、あなたたちゴリムに必殺の一撃をくわえるため、ナイフを研《と》いでいるかもしれません。《ラサト》のような太った獲物を見逃すことなどありえないから」

　かつてホログラム映像で見たロボットたちは、無害なクラゲ状生物に偽装し、ツナミ艦に侵入してきた。名前のわからない一テラナー女性が、おもに個人的な記録として映像をのこしていたおかげで、ジャン・ヴァン・フリート艦長をはじめとする乗員たちの運命を知ることができたのだった。

　テケナーはホログラム記憶装置のすべてのシーンを熟知している。ロボットたちの姿を見ると、おさえきれない怒りがこみあげた。

シャバレ人とロボットたちはかつての宇宙ステーションの解体を進めていた。部品が絶え間なく《リトゥーロ》に運ばれ、そこでフランジ接続されたり、溶接されたりしていく。

ステーションはもうもとの姿をとどめておらず、どんな目的でつくられたのかもわからなかった。

「充分に見ましたか？」宇宙盗賊がおどおどした甲高い声でたずねる。恐怖が首をもたげているのだろう。

「まだだ！」スマイラーは強く首を横に振った。「《リトゥーロ》には驚きと失望を同時に感じている。われわれが探していたツナミ艦の一部が、外殻に使われているのだ」

「クロスクルトはゴリムを狩るといったでしょう」ロンガスクはテクの言葉を当然と受けとっているようだった。「なんの不思議もありません」

「お辞儀もない」アザミガエルがべちゃべちゃといい、前後に跳びはねた。

「ヴィー！」テケナーは船に呼びかけた。「かなり神経にはこたえるが、友好的な接触をためしてみたい。通信でコンタクトをもとめてくれ。シャバレ人の使うソタルク語で自由掠奪者クロスクルトに呼びかけるんだ」

「送信しました」ヴィシュナの声が答える。

返事はすぐにあった。ただ、それはテケナーが期待したようなものではなかった。《リトゥーロ》の異様な金属塊から超光速エネルギー束がはなたれ、エネルプシ・バリアにつつまれた《ラサト》を震動させた。バリアはすぐに攻撃に適応し、その後はエネルギー量子一個たりとも、人工的な空間湾曲を通過することはできなくなる。

「返事はこれだけか?」と、スマイラー。「通常通信やハイパー通信は?」

「ありません」ヴィーが答える。

「クロスクルトは傲慢なんです」ロンガスクがいった。「あの攻撃をよく無傷でしのいだものですが、攻撃手段はほかにもある。自由掠奪者はかんたんにはあきらめません」

「こっちもだ」テケナーは無意識に、遠い昔に悪名高かった、あの笑みを浮かべていた。

「反撃する。手ぬるいことはしないぞ」

「ぬるぬる」と、プルンプ。

「おまえはここにいろ、アザミガエル!」と、あばたの男。「おまえの飼い主にはいっしょにきてもらう。パス、《プロスペクター》の準備だ! わたしもいっしょに行く。クロスクルトを近くから見てみたい。ジェニー、きみはここの指揮を引き継いでくれ。だれか、われらが前衛騎兵パンカーをたたき起こしてくるんだ。たぶんなにか問題が起きて、かれが必要になるはず」

「もう起こしました」ラカ・ア・トレントがいった。「すぐにきます」

「全員、準備はいいか？」

だれからも質問はなかった。

「わたしはキャビンからとってくるものがある。一分後にはスタートできる。パス、ヴィー2を駆使して障害のないコースを見つけてくれ」

「串焼き男」アザミガエルが鳴いたが、スタート前のあわただしさのなかで、耳を貸す者はいなかった。

ロンガスクが最後に当惑顔で司令室を出る。一ヴィーロ宙航士が、かれを引きずっていくはめになった。かれがこのミッションをまったく重視していないことは明らかだったから。

宇宙盗賊は命がけで心を閉ざしていた。このゴリムたちは自分にもプルンプにもとても親切だが、強大なクロスクルト相手になにができる？　なにもできるわけがない！

アザミガエルを最後に一瞥《いちべつ》し、もう一度舌を突きだした。

すくなくとも、鉄の乙女は問題なく機能する。たぶん、これが命を長らえさせてくれるだろう。

＊

ロンガスクの自分語り

悲しむべきか、笑うべきなのか？

たぶん、いや、確実に、わたしはゴリムに影響をあたえてしまった。かれらはおろかだ……軽蔑されている宇宙盗賊よりも。これはわたしが自分のことを正直に表現したもの。わたしはつねに公正であろうとしている。

クロスクルトとは違うのだから！

かれらはわたしをクロスクルトのところに引きずっていこうとしている。アザミガエル抜きで。破滅に向かって突っこもうとしているのだ。わたしを連れて！

かれらの船は優秀だ。パスという名のちいさな半指揮官は生意気そうな笑みを浮かべている。ゴリムの自信はどこからくるのだ？　永遠の戦士カルマーのことさえ知らないというのに？

かれらはその行動どおり、ほんとうにゴリムなのか？

プルンプが恋しい。あれがゴリムのファルコ・ヘルゼルをからかっていたのが懐かしい。

それなのに、わたしを連れていくなんて！　行きたくない。だが、行くしかない。クロスクルトのところに！　あいつは第一級のくそ掠奪者だ。しかし、選択の余地はない。いっしょに行くしか。

悲しむべきでも、笑うべきでもない！

たしかに、わたしはカルマーの輜重隊のなかで底辺にいる。それでも隊員にはちがいない。底辺だからといって、なぜクロスクルトに侮辱されなくてはならない？　かれが私掠許可証を持っているから？　ゴリムたちはそんなもの知りもしない。

ロナルド・テケナーは首尾一貫したゴリムだ。

ジェニファー・ティロンは思慮深いゴリムだ。

ファルコ・ヘルゼルはおもしろいゴリムだ。

パスは成長途中のゴリムだ。

いずれにしても、全員がゴリムだ。クロスクルトはかれらを滅ぼすだろう。ゴリムにふさわしいあつかいをするだけだ。

だが、かれらはわたしに親切だった。掠奪するわけにはいかない。いくらそうしたくても。

誇り高き猿のようなかれらは〝絹の乙女〟を着用している。わたしにもそれを使えという。ばかばかしい！　わたしにはロボット補助脚がある。それがなければ緩慢にしか動けない。そうなればクロスクルトに襲われて、ゴリムのように負けてしまうだろう。かれらは破滅に向かってひた走っている。

正直、わたしにとってはどうでもいい。勝手にすればいいのだ。テケナーも、ティロンも、ヘルゼルも、パスも。かれらのために悲しむ必要があるか？

ない！

だが、かれらは自由掠奪者クロスクルトとは違う。あいつはわたしにとって、悪夢以上の存在だ。私掠許可証を持ったほかの自由掠奪者たちも同じこと。

かれらは《プロスペクター2》で超光速飛行に入った。若いパスが姿の見えないポジトロニクスの助けを借りて指揮をとっている。おかしな話だ。なによりも、なぜまっすぐ目的ポジションに向かわないのか。ほんの短い距離なのに。

なにしろゴリムなのだ。なにをしてもおかしくない。

ロナルド・テケナーが一部隊に艇を降りる準備の指示を出した。かれはそのチーフをつとめ、パスは《プロスペクター2》で近くに待機することになる。テケナーに同行するのはほかに九名のゴリムと……いうまでもなく……わたしだ。しかたなくしたがう。そうするしかないとわかっていたから。拒んでも強要されるかもしれない。あるいは、臆病者と思われるか。わたしは臆病者ではない。

パスの飛行の理由がわかった。《プロスペクター2》でべつの方角から戦場に接近するのだ。ゴリムたち、おろかではなかった。だが、クロスクルトをだませるのはほんの短時間だろう。長くは無理だ。

絹の乙女は〝セラン〟というらしい。あまり信頼できる防護服には見えない。外部にほとんどなにも付属していないのだ。

テケナーがわたしを出口まで案内した。《プロスペクター2》は一部が解体されたステーションの金属骨格に到達している。わたしはなにをすればいいのかわからないまま、かれについていった。

外に出たとたん、宇宙服のリサイクル・システムが警報を鳴らした。さいわい、ほかの者たちには気づかれていない。ステーションに急行するのに忙しいようだ。ひとりがわたしの面倒を見てくれる。よく見ると、それはテケナー本人だった。わたしから手をはなそうとしない。ふと、クロスクルトに引きわたすつもりではないかと思った。

だが、もちろんそんな考えはばかげている。自由掠奪者はわたしになど興味ないはず。かれの狙いはゴリムのほうだ。

テケナーが通信機で呼びかけてきた。ひそかにわたしの宇宙服のエネルギー備蓄を補充したにちがいない。捕まったときはほとんど底をつきかけていたのだから。だれかに持ち物をいじられるのはいやだった。リサイクル・システムがまたおかしくなったのは、たぶんゴリムのせいだろう。

だが、そんなことを考えている余裕はなくなった。周囲がいきなり地獄に変じたのだ。クロスクルトとロボットが攻撃してきていた。わたしは武器がなく、同族と戦うつもりもなかったので、かくれ場を探した。

見るとクロスクルトのほか、宇宙遊民八名の姿があった。セランに対して攻撃が通用しないので、驚いているようだ。わたしも驚きを感じた。

「ロンガスク！」通信機からテケナーの声がした。「あの大きなヘルメットのやつがクロスクルトか？　こちらに敵対の意思はないと説明してやってくれ。ただ、反撃はいつでもできると。クロスクルトと話がしたいんだ」

そのとき背中をつつかれた。べつのゴリムが立っている。まったく気がつかなかった。大穴のあいた金属の表面を、クロスクルトのほうに這い進む。わたしは手信号で、自由掠奪者に降伏の意図を伝えた。やはり自分は臆病者なのだと痛感する。

「なんの用だ、宇宙盗賊？」クロスクルトがたずねてきた。その声がとてつもなく大きく受信機から響き、耳が吹っ飛びそうだった。

「ゴリムたちが……きみとの話し合いを懇願している」と、つっかえながらいう。「戦いは望んでいない。わたしは……」

「ネズミ野郎！　卑劣な裏切り者！」クロスクルトの罵声が飛んだ。「戦士の法を忘れたか？」

かれはわたしに向かって発砲したが、テケナーがあいだに飛びこんだ。セランがエネルギーを吸収する。クロスクルトはますます怒りを募らせた。かれが命令を叫ぶと、さらに多くのロボットがあらわれる。わたしは最期のときが近づくのを感じた。あのゴリムたち、頭がおかしい。

ふたたび武器が火を噴いた。いつ命中してもおかしくないと思い、目を閉じる。かわいそうなプルンプ、飼い主を失ってしまうとは。たぶんファルコ・ヘルゼルが面倒を見てくれるだろう。ジェニファー・ティロンが急いで《ラサト》にもどれさえすれば。

突然、通信機がしずかになった。わたしは無傷だ。目を開くと、そこにはなんとも奇妙な光景がひろがっていた。

わたしの数歩前にロナルド・テケナーが立っている。手になにかを握っていた。金属製の筒で、それが私掠許可証と同じような強い効果を発しているらしい。だが、まったく同じではない。もっと高次のものだ。

クロスクルトは？　かれが手下とロボットたちに攻撃中止を命じるのが聞こえた。本人はその場に膝をついている。

「降伏します」自由掠奪者がいった。わけがわからない。「あなたは戦士の〝決闘の手袋〟を持っている。わたしにはわかります。どうかお慈悲を。わたしは悪くないのです。永遠の戦士の意に沿わないことは、なにもしていません」

決闘の手袋がなんなのかは知らないが、クロスクルトがテケナーの手にした筒のことをいっているのは明らかだ。

自由掠奪者は宇宙服のポケットから私掠許可証をとりだした。わたしはその外観を忘れていたが、そうだということはすぐにわかった。

私掠許可証と決闘の手袋はそっくりだった。よく目を凝らすと、決闘の手袋は左手用、私掠許可証は右手用だ。後者にはおや指がついている。

だが、外観はさほど重要ではない。ほんとうに重みがあるのは、実感できるその効果だ。それは決闘の手袋のほうが〝上〟だった。

クロスクルトは手下たちを追いはらった。もうゴリムのテケナーしか念頭にないようだ。あの威圧的な自由掠奪者が這いつくばる姿を見るのは、なぜか気分がよかった。とはいえ、この話し合いのなかで、わたしは気づかれることのない、無関係な傍観者にすぎない。

ロナルド・テケナーは情報をもとめた。探していたツナミ艦の一部が《リトゥーロ》に使われていることでクロスクルトを非難している。かれはもう一隻の船、《ツナミ114》についてたずねた。自由掠奪者はじっと話を聞き、進んで情報を提供した。

「決闘の手袋の所持者よ、あなたのいう宇宙船《ツナミ114》とたしかにコンタクトしました。ゴリム船だったので、私掠許可証を持つわたしの行為は合法でした。必要な行動だったのです。わたしはロボットといっしょにバイオキャップで変装し、ヒュプノを使って獲物を平和な気分にさせました。奇襲が成功して《ツナミ114》を捕獲できたのは、ご存じのとおりです。ですが、獲物を自分のものにはできませんでした。そこに突然、エルファード人メリオウンがあらわれたからです。かれはカルマーの戦士の従者のうち、最重要の側近に属しています。当然、わたしは服従するしかありません。ゴリム船の引きわたしを要求され、拒否などできませんでした。ただ、メリオウンはけちな男ではなく、失った獲物のかわりにこの場所を教えてくれました。わたしは部分的に破壊された宇宙ステーションと、同型のゴリム船の残骸を見つけました。ここに《ツナミ113》があったのです。生存者はおらず、死体も見あたりませんでした。なにがあったのかはわかりません。気にもなりませんでした。興味があるのは掠奪品だけです。あなたが《ツナミ113》と呼ぶ船は、とっくに解体されていました。使える部分は《リトゥーロ》に流用しました。ですから、決闘の手袋の所持者よ、わたしは無罪です。つねに戦士カルマーの法を守ってきました」

「その話も聞いておきたい」と、テケナー。「戦士カルマーとは何者で、どこにいる？」

クロスクルトはすぐには答えなかった。わたしには理解できるが、テケナーは明らかに納得していない。

「決闘の手袋の所持者よ、あなたが知らないなら、どうしてわたしにわかるでしょう？」クロスクルトがようやくぼそりとつぶやいた。「戦士に会ったシャバレ人はいません。かれは法典を通して遍在しているのです」

「エルファード人というのはだれだ？」テケナーがさらにたずねる。

「戦士の強大な従者です。それ以上はわかりません」

緊張がほぐれた。ほかのシャバレ人がふたたび近づいてくる。パスも破壊されたステーション内から《プロスペクター2》で接近してくる。彼女は好奇心旺盛だ。

テケナーは質問をつづけ、ふたつの名前をあげた。〝ソト＝タル・ケル〟と〝エスタルトゥ〟だ。わたしはどちらも聞いたことがなかった。クロスクルトも知らないらしい。

テケナーがエスタルトゥは超越知性体だといったときも、かれは疑問の表情を見せただけだった。テケナーのトランスレーターは高性能だが、戦士の言語ソタルク語にそうした概念が存在しないため、理解することができない。

「見せてやろう」テケナーがいった。「ソト＝タル・ケルことストーカーの姿を」

かれはパスのほうを向き、わたしにはわからないことをいった。〝ホログラム〟という言葉と、名前が聞こえた。

その場にいるシャバレ人たちのあいだに、どこからともなくひとつの姿が出現した。現実そのもののような映像だ。

いきなり息ができなくなった。クロスクルトやほかのシャバレ人たちも同様だ。私掠許可証の効果は強力で、決闘の手袋の効果はそれを上まわるが、ソト＝タル・ケルの姿がもたらす効果はさらに圧倒的で、わたしの意志を麻痺させた。全身が震え、動けなくなり、その場に倒れてしまう。

ほかのシャバレ人たちも同じ状態だった。

「やめろ、パス！」テケナーが叫ぶのが聞こえた。

わたしはからっぽになった気分だった。

パスの出したホログラムが消えたあと、また動けるようになるまで、しばらく時間がかかった。クロスクルトはもう立ちあがっている。

「傷つけるつもりはなかった」テケナーがいう。「きみたちがストーカーの姿に、あれほどはげしく反応するとは思わなかったのだ。かれを知っているのか？」

「いえ、いえ」と、クロスクルト。「話せることはありません。あそこまで恐ろしい効果をはなつ存在は見たことがない。なにも知りません。どうしてあんな反応が起きたのか、説明するのも不可能です」

「奇妙な話だ」テケナーは驚いているようだった。声は聞こえなかったが、しばらくだれか、たぶんジェニファーと話したあと、ふたたびクロスクルトに向きなおる。

「戦士についてもっと話を聞きたい、自由掠奪者クロスクルト。かれを探すためのシュプールがどこかにないか？　教えてくれれば、あとはどこに行ってもいい」

「あなたにしたがいます、決闘の手袋の所持者よ」クロスクルトが相いかわらずの熱心さで答える。「ですが、永遠の戦士が望まないのに、その居場所を探すのはやめたほうがいいでしょう。確実な情報では、戦士カルマーは輜重隊が集まるセポル星系に向かったとのことです。セポルはわたしの次の目的地でもあります。豊かでたやすい獲物がいるはずですから。たぶんあそこなら、お探しのものが見つかるでしょう」

　ここがチャンスだと思った。

「テク！」あえて親密な呼びかけを使う。「セポル星系ならよく知っています。ここからほんの三百光年の距離だ。わたしが案内しましょう」

　クロスクルトもたぶん同じことを考えていたのだろう。わたしをじっとにらみつけたが、口ははさまなかった。

　テケナーはすこし考えてからうなずいた。

　心が躍った。決闘の手袋の所持者に力を貸せるのだ！　これ以上にすばらしいことはない。自由掠奪者としていくつか段階をあがるチャンスが、ようやくわたしにも訪れた。

　わたしは内心で揉《も》み手した。《キャントレリイ》は修理してもらえるだろう。絹の乙女を受け入れて、鉄の乙女はスクラップにしてもいいくらいだ。

　アザミガエルにとってもいいことだろう。

　もしかすると、いずれクロスクルトより強くなれるのではないか？

　そのときはあたえられた恥辱をお返ししてやろう。きっとすばらしい気分だ！

　しばらくして、われわれは《ラサト》でスタートした。わたしはあらたな友であるテクをセポル星系に案内する機会を得た。

7

恒星セポルはすでにエレンディラ銀河のなかではっきりと目立っていた。その特徴は変光星であることで、外観が大きく変化するのだ。もうひとつの特徴は、その変化が不規則なことだった。最短で三日、最長なら五十日も同じ光度が継続する。

この特殊な条件にもかかわらず、八つある惑星のうち、第二惑星ナガトには知性体が誕生していた。第六惑星は木星型の巨大ガス惑星だ。

もっとも暗い時期のセポルのスペクトル型はG0で、大きさはソルと同程度、表面温度は五千五百度しかない。

最大期ではこの直径が三倍になり、表面温度も六千五百度まで上昇、スペクトル型はF0に変化する。

この不規則な脈動によって引き起こされる現象は、セポル星系内に奇妙な状況をもたらす。

最小期にはきわめて強いハイパー放射が生じ、それが五次元スペクトル全体に行きわたって、さらに重力およびプシオン領域にまで浸透する。この段階では、名もない第三惑星の公転軌道より内側では、プシ通信、ハイパー通信、通常通信のすべてが不可能になり、エネルプシ航行や反重力航行もできなくなる。

最大期になると、逆にこうした妨害要素はほぼ消えてしまい、セポルの放射は通常の物理的なものだけになる。

惑星ナガトの位置と恒星の脈動のあいだにも関連があった。

ナガトが遠点に近づくにつれて脈動は速くなり、遠点に達すると、脈動の間隔は最小の三日になる。

近点に近づくとこの間隔は長くなり、最大の五十日に達する。同時に最小光量の期間も長くなり、こちらは最大で四十日になる。ハイパー放射がもっとも強くなるのがこの時期だ。つまりこの四十日のあいだ、ナガトでは通信も、宇宙船も、転送機も使えなくなる。

ただ、その期間のセポルは表面温度が低くなり、おかげで地上の生命体は致命的な高温にさらされずにすむ。

ナガトの直径は一万一千六百六十六キロメートルと、地球よりもわずかにちいさい。自転軸が公転面に対して垂直なので、一般的な意味での四季はない。公転軌道は半短軸が一億一千二百万キロメートル、半長軸が二億二千四百万キロメートルの長楕円で、平均半径は地球のそれに近いが、離心率が大きい。一ナガト年は六百七十一日になる。酸素大気が豊かな生命を生みだしているが、赤道地帯は灼熱の荒れ地で、極地は永久に氷結している。その中間の比較的温暖な地域には広大なジャングルがひろがっていた。公転軌道が長楕円を描くにしては、気候は安定していた。ナガトとの距離が大きくなると恒星の活動が活発になり、ちいさくなると下火になるからだ。

ロンガスク自身はナガトを訪れたことも、近くを航行したこともなかった。それでもセポル星系は、最下層のシャバレ人にもよく知られていた。脈動する恒星の活動が恐れられていたから。

宇宙盗賊はナガトに知性体がいると確信していた。なぜわかるのかは話そうとしないが、くわしい説明をしないまま〝動物使い〟という言葉を使った。

「調教師と猛獣使いという話を聞いたこともある」と、かれはいった。「たぶん解釈の問題かなにかだと思うが」

ユティ・ア・トレントの独立ポジトロニクスは《ラサト》のヴィーと同じように、かれの言葉をすべて記録していた。

「データは多いが」と、ロナルド・テケナー。「この星系がこれほど目立つことが、謎めいた戦士カルマーと明確なつながりがあるというヒントは、どこにもない」

「いや、あるかも」と、ロンガスク。「ナガトには三十三個の衛星があるのです。主星に近い惑星にしては、驚くほど多すぎる」

「どうかな」スマイラーは顔をしかめた。「衛星が百個以上ある惑星も存在する」

「こんな噂があります」宇宙盗賊は話をつづけた。「エレンディラでは、衛星には特別な意味があるという」

「エレンディラは意味がない」アザミガエルがべちゃべちゃという。シャバレ人とファルコ・ヘルゼルのどちらの近くにいるか、決めかねているようだ。

「噂は役にたたない」テケナーは立ちあがり、ロンガスクとの話が終わったことをしめした。「セポルとナガトを近くから観察する。あるいは〝戦士の輜重隊〟を。両ツナミ艦の乗員のシュプールを見つけるには、どんなことでも手がかりになる。セポルまでどれくらいだ、ヴィー？」

「二分後にプシオン転送フィールドをはなれます」ヴィシュナの声が快活に答える。

「星系外に実体化することを推奨します。星系についてはすでに遠距離探知を実行していますが、いずれにせよ、実際に輜重隊がいて危険が生じる可能性があるので」

「わかった」

通常空間にもどると、ヴィールス船は多数の探知映像を表示した。セポル星系の精密な調査を開始したことも報告する。《ラサト》の並はずれた能力をもってしても、数分はかかるだろう。

テケナーは多数の宇宙船が航行しているのを見て、歯のあいだから口笛を吹いた。ただ、すべてちいさな集団になって飛んでいる。

「航行の方向を表示しろ。映像がわかりにくい。説明を入れられるか?」

ヴィーはホログラム映像のひとつに〝ナガト〟と文字を入れ、矢印で第二惑星をしめした。

三十三個の衛星は黄色く光らせ、すべて別々のホログラム映像で表示する。

「ロンガスクから提供されたナガトのデータを確認できます」と、ヴィールス船。「とくに目立つのは、二日後に近点に達することです。そのあと四十日間、ハイパー放射が最大になる時期がつづき、第三惑星の公転軌道以内で航行と通信が不可能になるというかれの発言も、まちがいなく正しいと考えられます」

「嘘などつくものか」と、宇宙盗賊。

「嘘つき」プルンプが鳴き、シャバレ人が捕まえるふりを見せると横っ跳びに逃げた。

「この期間を恒星セポルの現在の活動状態から計算すると、たぶん四十日になります。つまり不都合な時期に目的地に到着することになります。ナガト着陸には同意できません」

「どうしても必要というわけでもないしな」と、スマイラー。「そのへんにいる宇宙船から答えが得られたら、ナガトと関わるまでもない」

その後《ラサト》は数時間、なんの妨害も受けなかった。ヴィールス船はたっぷり時間を使ってあらたなデータを収集して表示し、テケナーとヴィーロ宙航士たちはそれを徹底的に分析した。

多数の異宇宙船の動きから、明確な映像が浮かびあがる。宇宙船の集団はナガトの周囲に集まっていて、大多数は恒星側を避けているようだ。ほとんどが第二惑星と第三惑星のあいだに位置をとり、ハイパー放射が発生したら、すぐに安全なところに退避できるようにしている。

通信はどうにか傍受できた。どの船もとるべきコースはわかっているらしい。だが、惑星に着陸はしていない。位置は近いのに、ナガトを避けている。

「戦士の輜重隊の一部です」ロンガスクがいった。

そのことは傍受した通信からも確認できた。使われているのはほぼ、戦士の言語ソタルク語だけだ。

「《プロスペクター》でもっと近くから観察したいわ」パシシア・バアルがいった。

「ここにすわって見てるだけじゃつまらない」

「いいからここにいろ」テケナーは《ラサト》とナガトのあいだの距離を調整した。八十八光分ならちょうどよさそうだ。

「ほかにも観測結果があります」ヴィーがいった。「三十三個の非常に目立つ物体がナガトに向かっています。きわめて規則的な四十八の面を持ち、最大直径は七十メートルほど」

「六方八面体《ヘキサ》だ」ファルコ・ヘルゼルはそういって、膝の上のアザミガエルをなでた。

「なんのこと？」と、アンティの少女。

「八面怠惰」プルンプが眠そうにいう。

「ヘキサは六。六かける八は四十八だよ、お嬢ちゃん」黒髪のヴィーロ宙航士がにやりと笑う。「ダイヤモンドはそういうふうにカットする」

「ヴィー、近くから見せてくれ」スマイラーがいった。

ホロ・プロジェクションが輝きだすより早く、テケナーの顔の前にホログラムが出現した。パスが思念からかたちづくったものだ。

「ファルコはこれがいいたかったのね」少女がいう。テケナーは輝くダイヤモンドを見つめた。光が屈折して、圧倒的なきらめきをはなつ。手をのばすと、かれの指は抵抗もなくダイヤモンドの映像を通り抜け、アンティの少女の頭に触れた。パスが残念そうにいう。「現実にはなってないわ。また調子が悪いの」

ヴィーが実際の物体をもとに投影したプロジェクションは、パスがつくりだしたものとまったく同じだった。ただ、はるかに大きい。そのなかで、いまではすっかり近くなった恒星セポルの光が何度も屈折している。

「これはなんだ？」細胞活性装置保持者はヴィーがプロジェクションといっしょに表示した、いくつかのちいさな細長い物体を指さした。「拡大できるか？」

ヴィールス船は一本を選んで拡大した。輪郭がややぼやけているのは、距離が大きいため、精度の高い探知技術でも限界があるのだろう。かなりちいさな物体なので、精密に映像化できないのだ。

「これで解像度は限界です」ヴィシュナの声がいった。

太い線が棺のかたちになる。表示されている目盛りを見ると、長さ八メートル、厚さは三メートル以下だとわかった。

「この棺形の小型船を三十隻ほど発見しました。三十三隻のダイヤモンド船それぞれの周囲にいるようです」と、ヴィー。「一種の護衛でしょう」

「棺を見ると悲しくなります」宇宙盗賊がいう。

ジェニファー・ティロンははっとした。ロンガスクにはじめて深い共感をおぼえたのだ。

「葬列みたいだから？」と、たずねる。

「葬列船団」アザミガエルが大声をあげ、それが棺形小型船団の名前になった。

「ずいぶん感情がこもっているわね、ロンガスク」と、異星心理学者。ファルコが新しい冗談の種にしそうな、プルンプによる命名には触れようとしない。

「古い歌の文句です」シャバレ人はいかにも居心地が悪そうだった。「ずっと昔に一度聞いたことがある。なんの意味もないのかもしれませんが」

「ぜひ聞いてみたいわ」と、ジェニファー。

「棺が見えると、月は消え去る……」宇宙盗賊の歌はあまりうまくなかった。「さあ、歌え……至福のリングの歌を」

「退屈な歌だな」ファルコが無遠慮にいう。「わたしのほうがうまいくらいだ。『ロック・ミー・アマデウス』とか……」

「しずかにしろ」テケナーがいった。「これまでの経験から考えて、些末《さまつ》なもののなかに真実のかけらが見いだせるはずだ」

ファルコは黙りこんでアザミガエルをなでた。プルンプはおとなしく、棘をグリーンのからだにぴったりと這わせていた。

「その歌詞はどういう意味だ、ロンガスク？」テケナーがたずねる。

「ああ、勘弁してください、決闘の手袋の所持者よ」卑屈な目つきのシャバレ人は、それ以上なにもいえなかった。

「手袋の反射！」と、プルンプ。

「話すんだ！　さもないと《キャントレリイ》ごとハイパー空間に追放するぞ！」

宇宙盗賊はきびしい言葉にすくみあがった。どうしようもないという身振りをして、話しだす。

「わたしは戦士の輜重隊のなかでも下っ端《したっぱ》にすぎません」と、泣き言をいう。

「ちいさいソーセージ」アザミガエルがそういったのは、ファルコが細長い肉片をやったからだ。

「下っ端はたいしたことを知らないので」いかにも同情を引く姿だった。「間違ったことを教えたら、やっぱりあなたはわたしを追放するでしょう」

テケナーはシャバレ人に近づき、盛りあがった肩に両手を置いた。

「きみはわたしよりもひどい経験を乗りこえてきた」そういって力づける。「恐がることはない。いいから話せ」

「多くは知りません。ただ、確実なのは……葬列船団は爆弾を運んでいます。あなたの船の目に見えないポジトロニクスには、三十三隻の船団の目的がわからないので？　それほど驚くような目的ですか？　ナガトには三十三個の衛星があるんです、決闘の手袋の所持者！」

「トイレットの所持者」と、プルンプ。

「待ってください」ヴィーがいった。プロジェクションが変化する。ヴィールス船は平面表示を選んだ。そのほうが見やすくできるから。ナガトの衛星が平面上に、三十三個の黄色い光点でしめされている。

そこにグリーンの光点が三十三個あらわれた。葬列船団の三十三隻の現在ポジションだ。

「飛行コースを赤でしめします」と、ヴィー。

グリーンの光点から三十三本の赤い線がのびていく。線はそれぞれ三十三個の黄色い光点、ナガトの衛星で終わった。

「テルコニット鋼の歯がすべて同時に抜けそうだ！」ファルコが驚きをあらわにする。

「泣けそうだ！」アザミガエルが鳴く。

「トラカラトの卵だわ」アンティの少女がいった。

三十三本の赤い線は、どれもほかの線とまじわっていない！

「葬列船団がナガトの各衛星をめざしているのは明らかだな」テケナーが淡々という。

「またきみの出番だ、ロンガスク」

「船は爆弾か、なんらかの技術的驚異を衛星に運んでいるはず。永遠の戦士には、協力者として謎めいた勢力がついています。かれらは戦士に仕える工芸家で、至福のリングの建造者です」

「具体的に話せ。まわりくどいいい方はやめるんだ！」テケナーはあらためて明確な説明をもとめた。ときどきロンガスクの尻をたたいてやる必要がありそうだ。

「爆弾が核爆発で衛星を粉砕すると」宇宙盗賊の甲高い声が鬱々《うつうつ》と響く。「その破片は稲妻のように分散します。かれらは転送機効果のようななんらかの技術的トリックを使い、粉砕した破片からきらめくリングをつくりだす。リングは惑星をとりまき、永久にその場にとどまる。それが至福のリングです」

テケナーは考えこんだ。ストーカーが喧伝《けんでん》したエスタルトゥ十二銀河の〝奇蹟〟のことが頭に浮かぶ。そのなかのひとつがエレンディラ銀河の、至福のリングだった。ストーカーは、すくなくともこの件では真実を語っていたことになる。両ツナミ艦の運命についてはクロスクルトから重要な新事実を得たが、そのときもエレンディラの奇妙なルールをまずは受け入れるしかなかった。だが、ツナミ艦に関する闇のなかにかれが持ちこんだ一条の光では、ストーカーを糾弾《きゅうだん》する証拠としては不充分だ。もっと探しつづけなくてはならない。ストーカーの罪が明確になるまで。かれにとってエスタルトゥの使節は、有罪か無罪かはっきりしないかぎり、陰謀の元締めなのだ。

スマイラーはかれが無罪だとは考えていなかった。

「葬列船団が衛星に到達するのはいつごろになる？」かれはヴィーにたずねた。

「現在の速度のままなら、最速で十六時間後です」

ストーカーのパーミット……クロスクルトのいう〝永遠の戦士カルマーの決闘の手袋〟……は、すでに一度その威力を発揮していた。それはたぶんに偶然によるものだった。もしもロンガスクが私掠許可証の奇妙な外観のことを話していなければ、テケナーは決闘の手袋を持ちだすこともなかったはずだから。

三十三個の衛星が無意味に破壊されようとしているのに、見すごすことはできない。決闘の手袋があれば、この愚行をとめることができるはず。かれの決意はかたかった。謎めいた〝戦士〟に挑戦することも重要だ。あらゆる証拠から見て、《ツナミ113》の破壊と両艦の乗員の消失に、その戦士とやらが関わっているのはまちがいない。《ツナミ114》の乗員の一部は死亡したと考えられる。それは発見したホログラム記憶装置が証明していた。

「決闘の手袋の所持者よ、わたしはテレパスではありませんが」ロンガスクがいった。「宇宙盗賊で、スーパー技術者で、エレンディラ随一の手仕事屋です。臆病者であると同時にまた、そうではない。あなたの言語を学ぼうとしている。刺激的だからです。ソタルク語以外の言語を知らなかったから」

「なにがいいたい？」テケナーは考えごとをじゃまされてむっとした。

「わたしはテレパスではありませんが」シャバレ人はくりかえした。「それでも、あなたの考えていることの見当はつく。衛星が至福のリングになるのを、なんとしても阻止したいのですな。神聖な儀式に干渉しようとしている。ただ、わたしの警告に耳を貸すとは思えません。クロスクルトさえしりぞけたのだから、宇宙盗賊の言葉など、とどくはずがないでしょう」

「なにがいいたい？」テケナーは重ねてたずねた。

「儀式を妨害しないでください」ロンガスクは懇願した。「ゴリムには理解できないでしょうが、妨害すれば、死ぬのはあなただけではない。あなたの友、同行者、全員が破滅することになる。戦士は無作法を許しません」

「おぼえておこう」と、細胞活性装置保持者。「信じたわけではないが」

「信じたらできない」アザミガエルが口をはさんだ。

「当面は静観する」テケナーが断をくだした。「まだ時間はある、友たち。観察を継続しよう」

「あとふたつ、些細《ささい》な報告があります」ヴィールス船がいった。「セポルの放射を精密測定しました。あの現象は異常どころではなく、自然なものとは考えられません。恒星の脈動は第二惑星ナガトの軌道と正確に同期しています。そんな偶然はありえませんし、恒星が不自然に長すぎる周期で脈動することも不可能です。結論として、なんらかの目的のため、未知の方法で恒星が操作されたものと考えます。ただ、どういう目的なのかは判然としません」

「もうひとつの報告はなんだ？」と、テケナー。

「布告は涙？」アザミガエルがファルコの膝の上で鳴いた。

「NGZ四二九年五月四日、十八時〇六分です。あなたがたの当直は終了しました」

「だったら歌ってもいいな」と、ファルコ。「おまえも歌うんだぞ、プルンプ」

　ロンガスクはヴィーロ宙航士に嫉妬めいた視線を向けたが、なにもいわなかった。

「ジェニファー」スマイラーが妻に声をかける。「あとをたのめるか？　命令に変更はない。当面は観察だ。非常事態が発生しないかぎり、すくなくとも十二時間は継続する。ファルコ、きみは歌っていてもいいが、せめて二、三時間は横になっておけ。わたしもそうする。葬列船団を阻止しようとしたら、状況は白熱するだろうから」

「十二時間？」パスが首を振りながら考えこむ。「それだけあれば、外のようすをもっと近くから観察できるわ。《プロスペクター》でちょっと見てきてもいいけど」

「だめだ！」スマイラーのきびしい声が飛んだ。「パス、きみはマットレスと友になっていろ」

「でも……」

「〝でも〟はなしだ！」

「ちぇっ！」アンティの少女の声を背中で聞きながら、テケナーは《ラサト》の司令室をあとにした。

8

パシシア・バアルは自分のキャビンにひとりだった。

休息などするつもりはない。気分は高揚している。その一方、ジェニファー・ティロンにも相談できない、高まってくる感情に悩んでもいた。このところ事態があわただしかったこともあり、だれにも気づかれてはいないだろうが。高まりつづける苦悩はいまもなお、彼女の表情にも態度にも影を落としていない。

それでも、彼女はホームシックになっていた。トラカラトが、関係の崩壊した家族が、懐かしくてしかたがない。父のフォロ、母のミルタクス、兄のボネメス。他方、そんなホームシックを疎ましく思う心の声もある。このふたつの感情はぶつかり合い、その衝突は日々はげしさを増していた。

そこから抜けだす方法はわかっている。気をまぎらすのだ。眠るのは問題外だった。

キャビンは彼女の好みに合わせてある。《ラサト》のもとになったヴィールス雲が役にたってくれた。とはいっても質素なものだ。長椅子がひとつ、ちいさなテーブルがひとつと二脚の椅子、クローゼットがひとつ。それではぼぜんぶだ。あとは各キャビンに必須のバスルームくらい。

それとポスターだ！　壁と一体化した、ペリー・ローダンのポスター。テラナーの表情は真剣そのものだった。パスが自分で選び、下のほうに太いクレヨンで文字が書きこんである。

〝笑って！〟

笑う気にはなれなかったものの、彼女のなかでゆっくりとひとつの計画が熟していった。ぼんやりしてはいられない。もちろん、ロナルド・テケナーやジェニファーを怒らせるつもりはなかった。それでも、このもやもやした感情をどうにかするにはガス抜きが必要だ。

急ぐわけでもなく、不安そうなようすも見せず、彼女は食事を終えた。ロボットキッチンが食器をかたづけると、おもむろに立ちあがる。

「ヴィー！　聞いてる？」

「もちろんです、パス」

「あなたと〝ふたりきり〟で話ができる？」

「いつでも」

「テクやジェニーや、ほかのだれにも知られずに？」

「それも可能です。わたしはヴィーロ宙航士を規制するためにいるわけではありませんから」

パスは考えていることを打ち明けた。

「賛成はできません」ヴィシュナの声がいう。「でも、とめるつもりもありません。自分がなにをしているのか、わかっているといいのですが」

「テクはいつも自分がなにをしてるかわかってる?」パスはすこしむっとしていた。ヴィーが無条件に同意してくれると思っていたから。

「それはべつの問題です」船が答える。

「もう行くわ」パスはあらためて立ちあがった。「だれにもいわないでよ」

船からの返事はなかった。

キャビンを出た彼女はだれにも出会わないよう気をつけた。まずファルコ・ヘルゼルのキャビンに向かう。ドアの前で耳を澄ますと、ちいさくギターの音色が聞こえた。来訪を告げる。

ドアがスライドして開いた。

「あなたも眠れないみたいね」挨拶がわりにそういう。

「新曲の練習中さ」若いヴィーロ宙航士が答えた。「『ロック・ミー・アマデウス』というんだ」

パスはプルンプがいるのに気づいた。ファルコの寝台のはしにうずくまっている。テラナーは自室を昔の船乗りの船室のように装飾していた。

「いっしょにきて。プルンプも」アンティの少女は心を決め、そういった。

「いっしょに？　どこへ？」ファルコはギターをわきに置いた。「なにをしようっていうんだ？」

「遠足よ。戦士の輜重隊のところか、惑星ナガトまで。ここは退屈すぎて。気晴らしが必要だわ」

「どうかしてる！」ファルコはふたたびギターに手をのばした。

「そうよ。ホームシックになったの。異郷への憧れに苦しんだヴィーロ宙航士たちの体験とは正反対だけど、わたしはホームシックなの。まったく気にいらないわ。でも、なにができる？　ま、ちょっとした気晴らしなら害もないだろうと思ったんだけど、ひとりでは出かけたくないの」

「テケナーが認めるわけがない」若いヴィーロ宙航士は断言した。「《ラサト》の知性だってそうだ」

「ヴィーのこと？」パスは笑った。「それならもう認めてくれたわ。わたしたちに指図はしないって。もちろん、用心は欠かせない。必要があれば、わたしも自分の身くらい守れるわ」

「きみの〝ホログラム魔法〟を使っても、たいしたことはできないぞ。わたしはあんなものでは驚かない。わたしを誘うのはあきらめるんだな。きみのばかげた計画をすぐにテクに報告しないだけ、ありがたいと思うことだ」

「あなたを驚かすつもりはないわ、ファルコ」アンティの少女は頑固だった。「脅迫しようとしてるんだから」

「笑わせないでくれ!」

「あなたのホログラムをつくるわ」と、パス。「いうことを聞かないと、テケナーはその土手っ腹にこぶしをめりこませることになるでしょうね」

「そんなこと、できるものか」

「どうかしら! わたしがペリー・ローダンをどうやってトラカラトに誘いだして、一発食らわせたと思う? 知ってるはずね。あなたも同じように閉じこめることができるわ。そう、こんなふうに」

鈍い衝撃が五回つづき、ファルコは鋼の壁にかこまれていた。パスのほうにだけちいさな開口部がある。

「まだ抵抗してみる?」少女はたずねた。

ファルコがなにもいわないので、彼女はさらに現実ホログラムをつくりだした。ヴィーロ宙航士の横に八本腕のロボットがいきなり出現する。

「なんだ、これは？」ファルコは慎重に壁ぎわまで後退した。

「思いつきよ。びんたマシン。一秒間に六十四発の平手打ちができるの。あなたの頬は真っ赤に腫れあがるわ。お尻を標的にすることもできるけど」

「本気でどうかしてる。どうしてわたしを生《い》け贄《にえ》に選んだ？」

「生け贄じゃなくて、仲間よ！　このあと十八時間は非番でしょ。ギターを弾《ひ》くだけですごすなんてもったいないわ。いっしょにきて！」

「わかったよ」ファルコはあきらめたように立ちあがった。

「やっと満足できる言葉が聞けたわ」パスは顔を輝かせ、まるで八百九十三個のそばかす……トラカラトにいたとき、自宅のコンピュータで数えあげた……が美しいワルツを踊りだしたかのようだった。「四座搭載機《アプトゥト》を使いましょう」

「そんな名前の搭載機はなかったはずだが」ファルコがセラン防護服を点検しながらいう。

「あるのよ。三番機。あれを《アプトゥト》と命名したの。もう何度も飛んでるわ」

ファルコは見たところ眠っているアザミガエルを小わきにはさみ、まだすこしためらいがちな足どりで少女についていった。やはりまずいのではないかという気もするが、かれもまた冒険の誘惑に捕らえられていた。実体験への憧れは太陽系をスタートしたときから圧倒的だったが、いままではそれを認めてこなかった。それがいま、自分で行動する機会に恵まれたのだ。

じつはかれは心からパスに共感していて、この計画にしても、自分自身が考える以上に気にいっていた。

「とまって！」パスがかれを制止した。足音が聞こえたのだ。少女はかれを脇通廊に引っ張りこんだ。

「プルンプ！　プルンプ！」声が聞こえた。「近くにいるのはわかってる。出てきてくれ！」

「ロンガスクだ」ファルコはにやりとした。「アザミガエルを探している。寂しいんだろうな、あの盗賊は」

「いっしょに連れていきましょう」パスがささやく。「変化がついていいわ。わたしにまかせて」

彼女は通廊にいるシャバレ人の目の前に踏みだした。

「ああ、ロンガスク、ここにいたのね。決闘の手袋の所持者から特別任務をあたえられて、ナガトにどんな知性体がいるか調べることになったの。テクはあなたもファルコとわたしに同行すべきだっていうんだけど」

「へえ！」シャバレ人は驚きの声をあげた。「わたしは監視下におかれたものと思っていたが」

「それはもう終わったわ」パスはファルコに合図した。

「もちろんプルンプもいっしょだ」脇通廊から出てきたファルコがアザミガエルをさしだす。

「どっちに行けば?」ロンガスクはグリーンのアザミガエルを抱きよせた。質問もせず、信じきっているようだ。決闘の手袋の所持者の指示というだけで納得したらしい。

パスは搭載機の格納庫につづく通廊を指さした。

「わたしのことを思ってくれたのだな」シャバレ人が嬉々としていう。「とてもありがたいことだ」

「やりがいあるです」目をさましたアザミガエルがべちゃべちゃ声でいった。

*

ロワ・ダントンのヴィールス船《ラヴリー・ボシック》と同構造の《ラサト》には複座と四座の比較的小型の搭載機があり、そのどちらもグラヴォ・エンジンのみでエネルプシ・エンジンは装備していない。高度技術の産物ではあるものの、超光速飛行の能力はそなえていなかった。

それでも緊急時には光速の四分の三の速度が出せる。《アプトゥト》で惑星ナガトまでの距離、つまり戦士の輜重隊が集まる宙域までの八十八光分を、二時間ほどで移動できるということ。だが、パスは搭載機を最高速で飛ばすことなど考えていなかった。急いではいないのだ。

彼女とファルコは操縦席にすわった。そこからはロンガスクとアザミガエルのいるキャビンをまっすぐ見通すことができる。

《ラサト》のヴィーに対するパスの信頼は裏切られなかった。ヴィーロ・ポジトロニクスは搭載機のスタートを報告していない。そうでなければ、とっくに通信で呼びだされていたはず。

スタートから一時間が経過。アンティの少女は《ラサト》とナガトのあいだに入りこまないよう、大きく弧を描く軌道をとった。船と惑星のあいだに入ったら、確実に探知されてしまうから。いくらヴィーでも、探知エコーを見なかったことにはしてくれない。《アプトゥト》の搭載ポジトロニクスは高度なものではないが、どんな機動も効果的に支援してくれる。ただ、このシステムのポジトロン思考では、この軌道の意味は理解できないだろう。

四時間飛びつづけたが、受信装置は沈黙していて、まだ気づかれていないようだった。第六惑星の軌道に到達。巨大ガス惑星にぎりぎりまで接近して対探知の楯に利用し、数千キロメートルの距離で惑星をかすめ、まっすぐナガトに向かう。パスは速度を落とした。

探知機にかかりきりのファルコを、ロンガスクが片言のインターコスモのおしゃべりで〝もてなして〟いる。おもしろいことに、本能的に言葉をまねる話し相手のプルンプのほうが、いまや飼い主よりも豊富な語彙を使いこなしていた。もちろん、アザミガエルの言葉には意味などない。べちゃべちゃ声でつぶやいているだけだ。ちいさな球形生命体がなんともさまざまに異なった声を発するのは、驚くほどだった。

宇宙船群との距離が徐々に縮まってくる。ずっと観察しているが、向こうは気づいていないのか、注意をはらうようすはなかった。《アプトゥト》は対探知の楯にかくれたままだ。

「回避して、系内側からナガトに接近するわ」パスがいった。

「なんだって？」と、ファルコ。少女の使った表現になじみがなかったようだ。

「恒星セポルのほうからってこと。そのほうが発見される危険がすくないでしょ」

「それでも危険はある」ヴィーロ宙航士は是認できないというように首を横に振った。「セポルがまもなく活動期に入るのはわかってるだろう。そうなったら通信も航行も不可能になる」

「こうも可能になる」宇宙盗賊とアザミガエルのいるキャビンから声が聞こえた。

「まだ数時間先の話よ」パスはファルコをなだめた。「通信障害は、テクとジェニーがわたしたちの計画を見破った場合、むしろこっちに有利に働くわ」

「ばかだな！」テラナーは声を荒らげ、肩ごしにおや指でシャバレ人をしめした。

ロンガスクは多少のインターコスモをおぼえたものの、まだトランスレーターを装備していて、すぐに反応した。

「つまり、決闘の手袋の所持者の意志に反したということか！」と、恐怖に駆られて叫ぶ。「戦士法典に対する重大な背信行為だ。さらに悪いことに、パス、きみはわたしを巻きこんだ。ただちに引き返すことを要求する」

アンティの少女は宇宙盗賊になにもいわず、機を加速させた。ロンガスクはすぐにどうにもならないことに気づき、しばらくはソタルク語とインターコスモで自分を責めつづけた。

ナガトの軌道を通過。プルンプは無意味な言葉で合いの手を入れていたが、やがて黙りこんだ。ファルコの制御卓の探知プロジェクションがそれをしめしている。惑星自体は側面方向に一光分ほどはなれていて、パスはふたたび減速し、最後の方向転換にそなえた。

「ちょっとした遠足よ、ロンガスク」と、楽しそうにいう。「《ラサト》にいても退屈だし、なんであれ自主的な行動がいちばんだってことを、テクも学ぶべきなの」

「よくわかっていた」と、宇宙盗賊。「きみたちがわたしを《キャントレリイ》から連れだした日が呪わしい。決闘の手袋の所持者がわたしを罰しなくても、戦士の輜重隊のだれかが罰するだろう」

「ばかみたい」パスはそういっただけだった。

「そろそろ近点だ」ファルコが意気のあがらない口調でいった。「探知ホログラムがちらついてる。どうやら、もうすでに……」

「速度が低下しています」《アプトゥト》のポジトロニクスが報告した。

「速度〇・八光速を維持」パスが指示する。

「〇・七光速が限度です」ポジトロニクスは反論した。「外部のハイパー放射による、未知の影響に妨害されています」

ファルコが悪態をつく。

「セポルに近づきすぎたんだ、パス！　ここからはなれないと」

「ポジトロニクス」パスが呼びかけた。「最短コースで帰還。恒星からはなれて」

彼女の顔は青ざめ、数百個のそばかすもほとんど見えなくなっていた。

「速度が〇・〇一光速に低下」と、ポジトロニクス。「移動はほぼ不可能です」

「最大出力！」と、ファルコ。

「再退出よく！」アザミガエルが鳴いて、かれの膝に跳び乗った。

「おちついて！」パスは最初の恐怖を克服していた。ポジトロニクスが出してくるデータを細かく制御する。速度は落ちつづけたが、時速五十万キロメートルでどうにか安定した。

〝時速〟表示とは！

ファルコはすぐにその意味を察した。現在ポジションとナガトの位置から計算して、この低速で惑星に接近するには十二時間が必要になる！　十一時間後にはセポルが活動しはじめるというのに。

かれはパスに結果を伝えた。

「とんだ災難ね。ポジトロニクス！　テクを呼びだして、救助を要請して」

《アプトゥト》のポジトロニクスは命令を確認したが、すぐにこう報告してきた。

「通信がつながりません。前進はしていますが、まるで濃厚なスープのなかを航行しているようです。ハイパー放射の嵐の前駆のなかにいるのでしょう。あるいは《ラサト》のヴィーの計算が、間違った出力データにもとづいていたのかもしれません」

「解決策は？」

答えはアンティの少女が予測したとおりのものだった。

「ありません！」

9

ロナルド・テケナーが《ラサト》の司令室にふたたび姿を見せたとき、あらたな報告は〝葬列船団〟に関するものだけだった。船団が停止したという。

NGZ四二九年五月五日の朝、ヴィールス船内にとくに変わったようすはなかった。重要ポストのシフトは輪番制だ。

「ファルコは当直じゃないのか？」スマイラーは疲れ知らずの妻にたずねた。

ラカがすぐにホロカムでヴィーロ宙航士ア・トレントの双子は持ち場についている。そこに、もと前衛騎兵のパンカー・ヴァサレを呼びだそうとしたが、応答はなかった。そこに、もと前衛騎兵のパンカー・ヴァサレスが入ってきた。寡黙な男がシートに腰をおろすと、頭上に浮かんでいたヴィーロトロンがかれの頭をつつみこんだ。

「そろそろいいでしょう」ヴィーの声がした。「パスとファルコとロンガスクの居場所を報告します」

「なんですって？」ジェニファー・ティロンは毒蜘蛛に刺されたかのように飛びあがっ

た。鋭い直感で、なにかがおかしいことを見ぬいたようだ。

「かれらは搭載機で小旅行に出かけました」ヴィシュナの声が説明する。「ただ、現在は間接的なコンタクトすら失われています。探知しても発見できません」

「欺瞞《ぎまん》ではないか！」テケナーは憤然となった。「どうしてそんなことを許した？」

「本人の自発的な決断でした。ナガトの軌道をこえたところで見失いました。半時間前です」

「頭がどうにかなりそうだ」と、スマイラー。「いったいどうしてしまったんだ？」

「新しいデータです」ヴィーがいった。「セポルの最小期がはじまります。わたしの計算よりも二時間ほど早いようです。たぶんこれが合図になって、三十三隻の葬列船団も再加速を開始しました。コースは以前と同じで、目標は第二惑星ナガトの衛星です」

「そっちは気にしなくていいと思う」ジェニファーが夫にいった。「パスの行方のほうが問題だわ。探しださないと。葬列船団はどうでもいい。心配なのはロンガスクがいっていた、衛星を核攻撃するってことくらいね」

「ハイパー嵐が最高潮に達したら手遅れだ」スマイラーがにこりともせずにいう。「いまならまだ、ばかな行動をとめられる。パスがナガトの近くにいるのなら、いずれにしても行ってみるしかない。ヴィー！　スタートだ！　船団に向けて映像通信の用意。かれらが使っている周波数はわかるな」

「スタートします。いつでも話せます。ソタルク語に通訳しますか?」

「当然、ソタルク語だ!」

ヴィーが信号を送信し、すくなくとも二十隻との接続が確立した。ただ、相手の映像は表示されない。

テケナーは左手にストーカーのパーミットを装着し、それを目の前にかざした。

「こちらは決闘の手袋の所持者だ」と、力強い声で宣言する。「ナガトの衛星に向かう三十三隻の船団に告げる。永遠の戦士カルマーの名において、停止を命じる。したがわない場合、破滅の危機にさらされるだろう」

「パスのことをお願い!」横からジェニファーが声をかけた。

「葬列船団とダイヤモンド船団までの距離は一光秒です」ヴィーが報告する。「ナガトの公転軌道上で停止します」

「向こうはなんといってる?」と、テケナー。

「なにも」と、ヴィー。「そのままのコースを維持しています。急いではいないようで、衛星に到達するには数週間かかります。こちらも急ぐ必要はありません」

「ばかな!」テケナーは不機嫌に反論した。「いつでも再加速して、無意味な破壊活動を完遂できるじゃないか。いまのメッセージをくりかえし送信しろ」

「パスの搭載機を見つけるのも忘れないで」ジェニファーがつけくわえた。

「できることは多くありません」と、ヴィー。「ナガトに向かう船団は凍りついたかのように、ほとんど動いていません。セポルのハイパー放射で、すべてが麻痺しました。葬列船団とのコンタクトも、通信も探知も困難になっています。テケナーのメッセージを再送信しましたが、応答はありません」

「もっと接近しろ！」と、細胞活性装置保持者。

「やってみますが、まだ機動が可能かどうか判断できません。ハイパー放射が急激に高まっています。セポルが暴れはじめました」

テケナーは唇を噛んだ。

ナガトの衛星の破壊はなんとしてもとめたい。どう考えても無意味だから。そしてなによりも、両ツナミ艦の行方不明の乗員たちについて調査し、謎めいた永遠の戦士を引きずりだしたかった。さらにはパスとその同行者たちも、かれらがみずから招いたハイパー地獄から救いだしてやりたい。

テケナーは一瞬たりともあきらめていなかったが、かなり困難な状況になっていることは認識していた。

「信号を受信」ヴィーがいった。「三光分のポジションにいる一物体がプシオン・ネットをはなれ、急速に接近してきます」

「パンカー！」テケナーはもと前衛騎兵に声をかけた。それだけで相手はなにをすればいいのか理解し、その頭部にヴィーロトロンがおおいかぶさる。これでパンカー・ヴァサレスは《ラサト》を操縦し、船のあらゆる能力を引きだせるようになった。ヴィールス船とのパラ身体関係は一種の共生で、かれはいわば船の生体部品になるのだ。

この処理はヴィーへの負荷を増やすが、他方、負担を減らすことにもなる。探知と通信に向ける注意が減少するから。操縦のための負荷は増えたものの、数秒後にはその影響もわからない程度になった。

テケナーの指示の利点はすぐにはっきりした。セポル星系への侵入者の精密な映像が、特別なホロ・プロジェクション用の領域にオレンジ色の光点で描きだされたのだ。

宇宙船だが、既知のタイプではなく、輜重隊の葬列船でもない。ほぼ同じ大きさの球体が十個連なっている。一個の直径は二十メートルくらいだ。

「短くて太い真珠の首飾りが、イモムシみたいにうねうね動いてるわ」ジェニファーがいった。「エネルプシ・バリアは作動してる?」

異星心理学者もなりゆきを懸念しているようだ。

「作動しています」と、ヴィー。「距離、十八光秒。あらたな信号がエネルプシ通信に入りました。切り替えます」

聞こえてきた声は、パスといっしょに行方不明になっているファルコ・ヘルゼルを彷《ほう》彿《ふつ》とさせた。かれも歌が好きだったから。さえずるようなヨーデルにつづき、言葉が聞こえてきた。同時に直立したハリネズミのような姿があらわれる。格子つきヘルメットの奥にはふたつのグリーンの目が輝いていた。

「わたしはエルファード人ヴォルカイル」歌うような声が《ラサト》の司令室に響いた。「同乗している賢明な者たちから、きみたちに話があるそうだ」

防護服姿の映像が消える。

驚いたことに、典型的なヴィーロ宙航士の服装をしたテラナーが四名あらわれた。

ひとりの女が口を開く。

「わたしはミランドラ・カインズ。いっしょにいるのはアギド・ヴェンドル、ドラン・メインスター、コロフォン・バイタルギュー。ご存じでしょうが、われわれはハンザ・スペシャリストです。ご存じなくても、いま知ったわけですね。衛星叙階式の英雄たちに対するそちらのばかげた脅迫を、ヴォルカイルが受信しました。わたしたちがちょうどこの場にいたのは、すべてのヴィーロ宙航士とギャラクティカーにとって幸運でした。衛星叙階式を冒瀆《ぼうとく》して妨害したり、影響をあたえたりしないように要請します、ロナルド・テケナー！　ただちに《ラサト》をセポル星系から退去させてください。これは要請ですが、警告でもあります。あなたと違い、ヴォルカイルの言葉はブラッフではありません。かれは脅迫を実行にうつします。神聖な儀式を守るためですから」

スマイラーは大笑いした。

「悪い冗談だな。きみたちは裏切り者だ！」その声は危険なほどおちつきはらっていた。「どうとでもいうがいい。裏切り者とは交渉しない。きみたちとヴォルカイルとやらは、わたしが本気だと思い知ることになる！」

テラナー四名はなにもいわない。

「通信を切れ！　葬列船団に接近！」と、テケナー。

ふたたびヴォルカイルの〝真珠の首飾り〟がうつしだされる。十個の球体のうち、先頭の一個が分離した。急加速で《ラサト》に向かってくる。

パンカー・ヴァサレスはみごとな回避機動で惑星ナガトに向かった。その質量を利用して、さらに防御をかためるためだ。

「撃て！」スマイラーが相いかわらず危険なほどおちつきはらって命じる。

だが、ヴィールス船の攻撃は効果がなかった。ヴァサレスの技量をもってしても、分離した球体の接近を振りきれない。

テケナーは防御をエネルプシ・バリアにたよっている。

突然、まばゆい光が弾《はじ》け、悲鳴があがった。ヴィールス船の悲鳴だ。

かれは足をとられ、床に投げだされる。ジェニファーの前を転がり過ぎながら、気づいた。敵を過小評価していたのみならず、不必要な挑発までしてしまったのだ。

炎の地獄とヴィーやヴィーロ宙航士たちの叫び声のなかを、弾丸のように吹っ飛んでいく。

パスだけが正しく行動したのかもしれない！　そんな思いを最後に、かれは障害物に激突し、意識を失った。

ヴォルカイルの球型船の攻撃に対して、エネルプシ・バリアは無力だった。

＊

「あわてないで！」パシシア・バアルは冷静だったが、それは後悔と絶望のいりまじった冷静さだったかもしれない。

搭載機《アプトゥト》は頻繁に速度を変えながら飛びつづけた。まるで濃いタールのなかをもがき進んでいるかのようだ。パスとファルコにとってなによりも不愉快だったのは、障害となっているものを見ることも感じることもできない点だった。

「まるで悪夢だな」と、ファルコ。「歌おうとして声が出ないとか、ギターを弾いても音が出ないみたいな」

「おちついて」アンティの少女は若者の肩に片手を置いた。「なんとかできるはず。ナガトはもう遠くないわ。最悪の場合、ナガトに着陸して、この地獄のフェーズが過ぎ去るのを待ってもいい。ここで終わるもんですか。ペリー・ローダンと約束したの。もう一度かれに会って、かならず……」

「これは《ラサト》かもしれません」ポジトロニクスが彼女の言葉をさえぎり、ぼんやりした映像を投影した。

「そっちに向かって!」パスが息せききっていう。

「ほかにもなにかあります。球体です。《ラサト》に突進しています」

「無視していいわ!」

「コースの変更を試みます。機動が緩慢です」と、《アプトゥト》のポジトロニクス。

「ですが、なんとかなりそうです。ナガトに接近していますが……」

声がとぎれた。

宇宙の闇がパスとファルコの目の前で、光の奔流と荒れ狂うエネルギーの輝く地獄に変貌した。《アプトゥト》が自動的に光度を落とし、乗員たちの視力を保護する。

「《ラサト》を見失いました」ポジトロニクスが報告。

「いました」アザミガエルはファルコの膝から、両手に顔を埋めたロンガスクに跳びうつった。

パスはこの遠足を思いついた瞬間を呪った。こんな狂ったアイデアが出てきたのはホームシックのせいだといういいわけは、もう通用しない。ほかの者たちへの責任があるのだ。ファルコもロンガスクも、自分がこの無謀な冒険に誘いこんだのだから。

衝撃が《アプトゥト》を襲った。爆発の影響がここまでおよんだのだ。パスは前方に投げだされ、本能的に発泡材の現実ホログラムをつくりだして衝撃を吸収する。

ファルコはもっと深刻だった。制御卓に頭から激突し、ぐったりしている。プルンプが甲高い声で叫んだ。宇宙盗賊はうめき声をあげている。

パスは外に目を向けたが、なにも見えなかった。探知プロジェクションさえ色あせている。爆発のエネルギー雲がゆっくりと薄れていった。

「《アプトゥト》？」と、声をかける。

「はい。損傷はありません。ただ、あれが《ラサト》だったとすると……いま《ラサト》と確認しました」単純なポジトロニクスだが、その声には感情の高ぶりが感じられた。「損傷はありますが、かなり近くにいます。ドッキングを試みます。ただ、現状では困難があります」

「お願い、やってみて！」パスは思わずメンターの立場にもどっていたが、あまり役にたちそうにない。「わたしたちを連れ帰って！」

「エネルプシ放射がありません」

「どこの？」

「《ラサト》です。母船の《ラサト》が被弾しました。あの球体がエネルプシ・バリアを貫通したようですが、わたしの基本プログラミングの限界で、理解できません」

「それでもいいわ」パスは息を吸いこんだ。「ドッキングして！」

《アプトゥト》のポジトロニクスはなにもいわないが、混乱したデータから、機が命令を実行しようとしているのがわかった。

　アザミガエルのプルンプが切り株のような八肢でファルコのからだによじのぼる。ファルコは意識をとりもどした。

「エアロックを確認しました」ポジトロニクスが報告した。「ただ、《ラサト》の動きを見ると、制御できないようです」

「通信は?」と、パス。この近距離ならテクとジェニーに連絡がつくはず。

「できません。ドッキングを試みていますが、むずかしそうです。エアロックに向かうことを推奨します」

　ロンガスクがあっという間にパスをシートから引きはがす。ファルコはまだ茫然としていたが、それでもシャバレ人のあとを追った。

「腹減った!」と、アザミガエルが鳴く。

《アプトゥト》と《ラサト》の接触面が通常とはやや異なるため、鈍い音が響いた。搭載機が跳ね返る。また意識が遠のいたのか、ファルコは目を閉じた。

　かれのセランは反応していない。

　パスがエアロックを通過した。《ラサト》はすぐ近くにありながら、あまりにも遠い。彼女のセランもセポルの強力なハイパー放射の影響を受け、通常の動作や反応はできなくなっていた。

《ラサト》と《アプトゥト》のあいだの宇宙空間に出る。プルンプが片脚にしがみついてきた。ロンガスクのからだが彼女の横を通り過ぎる。シャバレ人は透明な泡のなかに入っていた。

その泡が自分のつくりだした現実ホログラムだと気づくのに、一瞬の間があった。パスの行動は本能的なもので、こんな状況でも能力に衰えは見られない。

爆発の閃光のなか、宇宙空間を漂うファルコの影が見えた。ヴィーロ宙航士は身動きせず、セランも反応がないままだ。

そのときパスの頭にファルコの言葉がよみがえった。パラシュートなしでパラシュート降下するとかいってなかった？

ファルコの姿が見えなくなる前に、彼女はパラシュートを思い浮かべた。うまくいくとはかぎらないが、うまくいくことを願うだけだ。

《アプトゥト》がふらふらと目の前を横切る。ロンガスクはもう見あたらない。プルンプは彼女の脚にしがみついたままだ。ナガトの引力は強いが、危険は感じなかった。自分はセランを充分に制御できている。

いまの状態で、反重力プラットフォームのような着陸補助装置をつくりだすことができるだろうか？　わからないが、むずかしそうだった。

「おいで！」と、呼びかけると、アザミガエルは彼女のからだをのぼってきた。「わたしはロンガスクでもファルコでもない。ふたりのためにホログラムでつくった装備が、着陸するまでもつといいんだけど」

プルンプは声を出そうとしなかった。

＊

目ざめたテケナーが最初に気づいたのは、惑星ナガトの大気との摩擦で生じる音だった。笛の音のようだと思ったが、そんな印象はすぐに消え、正常な思考力がもどってくる。

失敗したのだ！ストーカーにだまされて、プシオン性のトリックでにせの記憶を信じこまされたことを思いだす。その妄想から解放してくれたスリマヴォのことを、何度も考えた。《ラサト》の防御を実際より過大評価していた。パンカー・ヴァサレスは気を失ったままだ。

テラで昔やっていたことを、またやってしまった。当時のかれはがまんできない状況を変えようと、暴力と脅迫にすがっていたもの。

とても文字にはできない言葉を口ばしる。そこでジェニーのことが気になった。彼女はもう起きあがっていた。

「ヴィー、そこにいる?」ジェニファーがいった。

「はい！　はい！　はい！」息せききった返事があった。

「墜落してるんじゃない?」

数秒の沈黙。やがて、また柔らかなヴィシュナの声が聞こえた。

「わたしは正常ですが、《ラサト》のエネルプシ・エンジンは破壊されました。ただ、奇妙に思えるでしょうが、現状ではこれは些事《さじ》にすぎません。セポルのハイパー放射のせいで、どのみち使用できませんから。同様に、制御された宇宙航行もプシ通信も不可能です。通常のかたちでナガトに着陸することはできないでしょう」

「わたしがやりそこなったから」と、テケナー。

「いいえ、テク」ヴィーがいった。「やりそこなったのは〝われわれ〟です。戦士はあなたとわたしが考えた以上に強力でした。目下、ナガト北部の一地域に向かっていますが、これはわたしの意志ではないのです。セポルの不自然な脈動流の嵐のなかでは、外部に対するわたしの能力はほとんど役にたちません。ただ、探知反射はまだいくつかあります、テク。たぶん北半球のジャングル地帯のどこかに墜落するでしょう。墜落まで百十三分。修理は不可能……ハイパー放射でシステムがブロックされ……パスは発見できず……シュプールは……ツナミ艦のシュプールは見あたらず……クロスクルト……ナガト……」

「救難信号を送れ！」テケナーはいきなり《ラサト》のメンターの立場にもどった。

「ヴィー！　それがきみの最後の仕事になるとしてもだ」

「ほぼ無意味……セポルから……干渉が……」

「いいから送れ！　全データを全ヴィーロ宙航士に。航行不能だと伝えるんだ。署名はテケナー！」

沈黙がおりた。

「送信したのか、ヴィー？」

「はいはい」まるでテラナーをわずらわしがっているような口調だった。「送りました、全員に。ただ、このセポルのハイパー嵐のなかで、まともにとどくとは思わないでください」

ヴィーは黙りこんだ。セランはもう完璧には機能していない。ナガトは地獄になるか救済の地になるかわからなかった。あるいは死地か。

ヴィーの不完全なプロジェクションが、迫りくる破滅の混沌をうつしだす。

テケナーはジェニファーを抱きよせていった。

「わたしは欠点の多い人間だが、最大の欠点は、きみに向かって〝愛している〟とあまりいわないことだ」

《ラサト》は不確実な運命に向かって突き進んでいった。

《ラヴリー・ボシック》発進！

アルント・エルマー

登場人物

ロワ・ダントン…………………………《ラヴリー・ボシック》指揮官
デメテル……………………………………ダントンの妻
コーネリウス・
　タンタル（チップ）………………シガ星人。《ラヴリー・ボシック》メンター
ルツィアン・ビドポット
スーザ・アイル……………同。ハンザ・スペシャリスト
アラブリスタ
マウリア……………………………ルビン人
ジョー・ポリネーゼ……………………アンドロイド
エディム・ヴァルソン…………………エルファード人

プロローグ

「そういうんじゃない、テク。新天地に足を踏み入れたら面倒が起きるのは当然だ。われわれはそれにそなえている。だが、ブリーはどうなった？　かれとのプシ通信コンタクトが途絶して以来、ずっと心配している。いま、かれがエレンディラ銀河のどの領域にいるのかわかったなら、ただちにコースを変更して、かれの居場所までもっとも早くたどり着けるプシ・エネルギー流に乗り入れるのだが。ブリーにとってはすべてが目新しすぎることばかりで、なにかミスをしたにちがいない。もうしばらくテラにとどまるべきだったのだ。《エクスプローラー》は逃げたりしないのに。憧れも飼い慣らすことはできる！」

ちいさな笑い声が響いた。ロナルド・テケナーが発したものだ。おもしろがっているようだが、答える声は硬く、その響きは仮借なかった。

「この憧れは違う種類のもの。それはきみもわかっているはずだ、ロワ。異郷への憧れは星々への憧れ。多くの者たちがそれを感じている。憧れは心のなかで燃えあがり、その内なる衝動にしたがわない者を消耗させる。ヴィールス・インペリウムはその苦悩を知っているから、ヴィールス船を建造した。星々への憧れにあらがうことはできない。きみだってそうだろう。いまなおあらがっているのはきみくらいのものだ！」

「わたしのことがわかっていないな、テク」と、ローダンの息子。「ブリーの心配をするのは、もううんざりなんだ。昔のように肩をならべていたい。たとえば……」

「たとえば、きみが軽巡洋艦《神戸》の生存者を大胆な奇襲で救出したときのようにか？　ブルー族の一艦隊を追いはらったんだったな。昔の話だ、ロワ。いまさら昔語りに意味があるとは思えない。

こちらはエレンディラ銀河に向かっている。エスタルトゥという超越知性体の勢力圏内だ。この存在の力の集合体は広大で、われわれにはまだはかりしれない。慣れ親しんだ条件で判断しようとするのは間違いだ。もちろん、ブリーのことを心配するのは無理もない。だが、わたしを信じろ。ブリーのほうも同様に、われわれのことを心配している。数しれないヴィーロ宙航士がそれぞれの船でエレンディラに向かったという事実は、一体感を高め、必然的に責任感をもたらす。ロワ、それは必要なものなんだ。われわれはこれから、夢にも思わなかったさまざまな事態に耐えていかなくてはならない。エスタルトゥの奇蹟は多種多様で、ストーカーが熱狂するそのごく一部しか真実でないとしても、それだけで充分なほどなんだ」

「声が聞こえにくくなってきた、テク。距離が大きくなっている。まもなくエネルプシ通信の限界を超えるだろう。そうなったら、もうコンタクトできない。いつかふたたび出会うときまで。この銀河のどこかで。できれば有利な状況下で」

「わたしもそう願っている、ロワ。いまの言葉は自信に満ちているようだったぞ。内面の危機を乗りこえたのか？」

こんどはマイクル・ローダンのほうが笑った。

「買いかぶりだ。不安なだけだよ。なにかが起きるだろうとは思うが、それがなんなのかわからない。いつかそれをはっきりさせようと心に決めたんだ。それじゃまた、テクとジェニファー。《ラヴリー・ボシック》はエレンディラ銀河最大の星間帝国のひとつに向かう。通信で位置データを取得したから。目的ポジションはこちらで決めて、そこに行ってみるつもりだ。《ラサト》の全員に幸運がありますように」

「きみたちにも。われわれ全員が人類でギャラクティカーだ。だれもがそれを感じ、メッセージを受けとった。ゲシールとスリマヴォも感じたそうだ。残念ながら、スリはべつの道を選んで《ラサト》には乗らなかったが。タウレクとヴィシュナはどうしているのだろう？　かれらはヴィールス・インペリウムが人類と銀河系種族への贈り物になるのを防ごうとした。ふつうの定命《じょうみょう》の人間の憧れを理解できないのだな。われわれ、かれらに関わらずにすむようになったのはよかったと思う」

「われわれをつなぐものはほかにもあるぞ、テク。われわれ、プシオン・ラインに沿って旅していて、相互のつながりが完全に切れることはない。未知の結節点で、きっとまた出会えるはず」

「幸運を！」あばたの男がいった。

「さいわいあれ！」ダントンが応じる。「われわれ自由航行者は最善をつくす！」

返事はなく、最後の言葉が相手にとどいたかどうかもわからなかった。こうして《ラサト》とのエネルプシ・コンタクトはとだえた。

ロワ・ダントンは振り返った。デメテルの目を見つめ、彼女がはなつぬくもりを感じる。その背後には四名のルビン人が立っていた。マウリアが口を開き、『狂乱のアリア』の最初の音を発する。

「やめてくれ！」ロワは叫んだ。「もっとだいじな用件があるだろう！」

身長二・八メートルのマウリアは非難がましくロワを見おろして、

「それならべつのを」

「いや、いい」そういったのに、女ルビン人はあらたに、さらに高音域の歌声を力いっぱい張りあげはじめる。ロワは嘆息し、急いで歩きだした。

「トレアドール、進め！　トレアドール！　トレアドール！」

ロワと妻のデメテルは司令室から逃げだした。

1

ウィンガーのデメテルは立ったまま、司令スタンド近くの通廊を突進してくる影を見ていた。それは空飛ぶバスケットで、そこからさまざまなつつみや棒のようなものが突きだしている。それが食糧品であることに気づき、彼女は急いで壁ぎわに退避した。速度を落とすそぶりさえなかったから。

「ちょっと！」と、声をかける。バスケットは彼女の目の前を通過し、急にためらうと、優雅に弧を描いてもどってきた。すこしだけ降下し、一本の棒が生命体になった。それが動いて直立すると、デメテルにも巨大シガ星人のふっくらした顔が見えた。彼女の頭部の手前半メートルほどのところにバスケットが浮かんでいる。

「美しいマダム！」と、バスケットのなかから声がした。「あなたはわたしの仕事にいささかのなぐさめをあたえ、わたしの人生によろこびをもたらしてくれました。ご挨拶を！」

「ハロー、チップ！」デメテルは親しげに会釈した。「なにをそんなに急いでるの？」

「ルビン人は災害です。苦情をいっても、ロワは耳を貸してくれません。だから、あなたに会えてよかった！　マウリアはオペラをひとつ歌い終えて、いまは食糧をむさぼり食う以外のことはなにもしていません。たしか『魔弾の射手』を歌っていて、〝この苦しみは希望を奪い〟とわめき、ヴィールス船ではとても調達できないものを要求するんです。地球から持ちこんだオリジナルの白パンで彼女を満足させようと、苦労しているところです」かれはつつみのあいだに突っこんだ棒状のものと、山盛りの生野菜をさししめした。

「どうしてあなたが？」デメテルは笑みを嚙み殺してたずねた。

コーネリウス・〝チップ〟・タンタルは顔をしかめ、両手で髪を掻きあげた。公式の身長が二十・九九センチメートルあり、最近のシガ星人としてはまさに巨人だ。髪を掻きあげれば二十一センチメートルをわずかに超えるので、かれはこれまでの生涯、ほとんど髪をあげたままですごしてきていた。出身はランパン星系の第三惑星、開拓世界アルグストラである。太陽系からの距離は一万三千四百二十二光年、住民は地球からではなく、シガ星から入植した。

ちょうどそのころ、シガでは肉体の小型化傾向が進んでいたが、それをよしとしない者たちもいた。かれらはシガをはなれ、美食の惑星でもあったアルグストラに入植。アルグストラのシガ星人は本来の大きさの人類への遺伝的回帰傾向を見せ、数千年かかって、チップが巨人のひとりに数えられる程度になった。巨人化を望まない者はシガに帰ることもできる。両惑星のあいだには明らかな不安定さがあり、いつかシガが銀河系の通常宇宙、いわゆるマクロコスモスにいる種族を救うため、アルグストラ法を制定するのは確実だ。

だが、チップにはそんなことを考えている時間はなかった。つつみのあいだにすわり、不幸の塊りという印象だ。母性本能に目ざめたデメテルは慎重に手をのばし、バスケットのなかからシガ星人をとりだした。

「ロワにやらされているんです」チップが説明する。「わたしが繊細なルビン人の歌唱芸術に文句をいったら、司令スタンドと船倉のあいだを往復していればいいといわれました。あのカンガルー、それを徹底的に利用している！　おかげでひまなしです！」

デメテルはシガ星人をバスケットにもどした。

「がんばって。ロワから司令室に呼ばれているの。たぶん待機はもう終わるはず！」

チップは軽く片手をあげて挨拶し、バスケットを反転させて飛び去った。はみだしたキャベツの葉がはためき、棒状のパンが加速ですこし曲がっている。バスケットは通廊の角の向こうに消え、デメテルは《ラヴリー・ボシック》の司令スタンドに通じる、いちばん近いハッチをめざした。

ヴィールス船は数週間前にクカートン帝国に到着し、主要種族クカートン人とコンタクトをとった。いくつか中継ステーションを経由し、あまり重要ではない外惑星レンパルで待機している。イリラム星系第二惑星である首都惑星クカートン訪問をヘイレ・マンキドコ皇帝に要請し、許可を待っているところだ。レンパルは火星に似た地表重力〇・八Gの世界で、豊富な地下資源を有し、住民はほぼすべてクカートン人だった。《ラヴリー・ボシック》のヴィーロ宙航士一万名にとって、この惑星はまさしく宝の山だ。かれらは物々交換に精を出し、〝最大交換〟をテーマにしたコンテストが終わったあとも、その意欲が衰えることはなかった。レンパルでの交換交流は比較的ちいさい規模だったものの、気晴らしには充分だった。

ロワがデメテルのところにあらわれたのは、待機時期の終了を示唆《しさ》していた。実際に本人がキャビンにいる妻のところにきたのではなく、ヴィールス船の助けを借りて居間の長椅子のあいだにホログラムを投影したのだが、それでもかれは現実にそこにいるかのように話をした。そのあとデメテルはすぐにキャビンを出て、司令室に足を踏み入れた。全員の視線が彼女に集中した。

デメテルは美しい女だ。身長一・六メートル、細身で、均整のとれたからだつきを、メタリックグリーンのコンビネーションがさらに強調している。その色は銀色の髪と濃いグリーンのアーモンド形の目によく似合っていた。顔立ちは古典ギリシアふうで、鼻筋は細く、唇は豊かで官能的だ。身のこなしは完璧に制御され、低めの声はヴィールス船のそれに似ていながらも、まったく異なる。神秘的で不思議な響きがあるのだ。《ラヴリー・ボシック》の乗員はだれもが同じように感じていた。また、彼女が遠いアルグストゲルマート銀河出身で、細胞活性装置を保有していないにもかかわらず、歳をとらないことも知っている。

司令室はいつもどおりだった。ただ、わずかにいつもと違うこともある。デメテルは視線をさまよわせ、ヴィーロ宙航士には通常見られない色を発見した。二名のクカートン人がいたのだ。頭足類種族の二名は、八本の触手を床につけて立っていた。クカートン人が手足として利用する触手は長さが二メートルほどあり、首もとから環状にのびている。基部は丸太のように太く、先に行くほど細くなって、末端には繊細な触覚神経が集まっていた。球状の頭部にはこぶし大の赤い目が一個あって、その周囲をまつげが花輪のようにとりまいている。二枚の重そうなしわだらけのまぶたをなかば閉じていた。目の下にはふたつのスリットがあり、聴覚と嗅覚をつかさどる。その下にヴァイオレットのまるい口。胴体は八本の触手のあいだに垂れさがったしわだらけの袋で、褐色の剛毛におおわれている。頭部と触手は無毛で、むらさき色だった。

ほかのギャラクティカーやテラナー同様、デメテルにも二名のクカートン人を見分けることはできなかった。どっちがどっちなのかわからない。彼女はそのままその場に立っていた。

「愛しい人、こちらはペンデバル・クルクとマチェン・ウフタルだ！」ロワが近づいてきて、彼女の腰にそっと腕をまわした。「到着したばかりでね。上級修了者エディム・ヴァルソンの先触れだ。かれの到来をレンパルの住民はこぞって大歓迎している。ウパニシャドの精妙な人生哲学を、上級修了者の口からじかに聞くことができるから！」

デメテルの頭のそばをすばやくかすめるものがあった。チップだ。反重力装置を使い、彼女の左肩に着地する。

「しずかに！」と、秘密めかした口調でいう。「まず、それがなんなのかはっきりさせなくてはなりません。ウパニシャド？　ストーカーの甘言のように聞こえますが」

「しいっ！」と、デメテル。

「われわれも上級修了者の訪問を楽しみにしている」ロワが先をつづけた。「エディム・ヴァルソンを心から歓迎する。また、ヘイレ・マンキドコ皇帝からの返答がすぐにとどくよう、尽力してもらえればさいわいだ」つねにそこにいるヴィールス船が戦士の言語であるソタルク語に通訳する。ソタルク語はクカートン帝国のビジネス用・外交用言語だ。

「恒星よりもすばやく行動してはならない」マチェン・ウフタルがいった。「これはクカートン人の古いことわざです。あなたがたは異人であり、賓客です。われわれが提供するもてなしを堪能してもらいたい。ですが、それ以上は望まないことです。支配者に意志を押しつけようとしてはなりません！」

かれは歩きだし、ペンデバル・クルクがそのあとを追った。ロワはクカートン人の使者二名をみずからエアロックに案内し、《ラヴリー・ボシック》が巨大なパンケーキのように鎮座している外の宇宙港まで、短い距離を同道した。

ヴィールス船にもどりながら、まだ最終段階ではなさそうだと考える。皇帝がこちらの訪問を先のばししているような気がした。そうだとすると、エディム・ヴァルソンの来訪もべつの見方ができる。全乗員に向けて、ひと言いっておく必要がありそうだ。

だが、その機会は得られなかった。

＊

《ラヴリー・ボシック》の日付プロジェクションはNGZ四二九年五月五日をしめしていた。男女の頭上に浮かんだ赤く輝く表示が十一時に変わると同時に、低く柔らかな、はっきりした声が聞こえた。ヴィシュナの声を思い起こさせる、ヴィールス・インペリウムの声だ。

「救難信号を受信しました」船が報告する。つづいて一連のポジション情報。通信は記録されていて、船の声と同じく船内全域に流された。

「……全ヴィーロ宙航士に……星系第二惑星……パルサー……捕らえられ……操縦不能に……八惑星……セポル星系……テケナー……」

「通信障害を除去できませんでした。送信者のごく近傍に障害の源があります。パルサーに言及していることから、原因は推測できます」そのあと、船はこうつけくわえた。

「まちがいなく《ラサト》からの通信です」

ロワは雷に打たれたようになった。巨大シガ星人がいる壁の窪みに急いで近づく。コーネリウス・タンタルは窪みのアーチの下に頭を突っこんでいた。かれは船のメンターであり、司令室の壁面に統合されたヴィーロトロンを介して船を操縦できる。

「ただちにスタートしろ！」ロワが叫んだ。「テクを助けにいく！」

船がしだいにはなれていくあいだに交わした、最後の交信を思いださずにはいられない。

司令室以外にいた者たちもふくめて、反論しようとする者は《ラヴリー・ボシック》にいなかった。乗員たちの冒険心には責任感がともなう。ダントンがウパニシャドの修了者と会うことに大きな興味を抱いているのは、だれもがわかっていた。それはたんなる好奇心ではなく、責任感からくる興味でもある。ストーカーがウパニシャド学校を銀河系につくりたがっているから。

それでもヴィーロ宙航士全員が、《ラサト》の救出のほうが重要だと理解していた。

「あなたの言葉が当たっていたわね、ロワ。ただ、困難に直面しているのはブリーじゃなく、テクだった。いずれにせよ、こちらがすることは同じだけど！」

ダントンは感謝をこめてデメテルを見た。必要なとき彼女がいつもそばにいて、力づけてくれるのを感じる。デメテルが自分を愛しているとわかるのが幸せだ。彼女はたんに長年の伴侶《はんりょ》とか、自身を客観視させてくれる相手とかいうだけではなかった。たしかに、最初からそうだったわけではない。この美しいウィンガーの愛をめぐって三人の男が争ったもの。かれと、ペイン・ハミラーと、ウィンガーのプロンドフェアが。デメテルは相対的不死者を選んだ。ロワ・ダントンこと、マイクル・レジナルド・ローダンを。

それでもなお、デメテルは謎の異人のままだった。ロワには理解できない行動もあった。またときには、これはドッペルゲンガーではないのかと思えるほど、人間くさい行動をすることも。

だが、いまはそんなことを考えている場合ではない。チップが拡声器ごしに、ヴィールス船のスタート準備がととのったことを告げた。グラヴォ・エンジンが作動する。

「宇宙港管制塔を呼びだせ」ロワがいった。「別れの挨拶をしたい。できるだけまにあうようにもどってくるつもりだ。もしかすると、上級修了者がまだレンパルにいるうちにもどれるかもしれない」

「待ってください、ロワ」ヴィールス船がいった。「ジョーが自身のホログラムを送信してきています。ヴィーロ宙航士全員に話があるそうです！」

「ジョー・ポリネーゼが？」

「そうです！」

「わかった。話を聞こう！」

最大交換コンテストで優勝したあと、ジョーの姿はあまり見かけなくなっていた。司令室にも顔を出さず、また、だれもかれの不在に気づかなかった。クカートン帝国から提供される情報の処理が忙しすぎたのだ。首都惑星着陸後への期待から、ヴィーロ宙航士の関心はコンテストよりも、利益のほうに集まっていた。

司令室の中央に輝く人の姿があらわれた。浅黒い顔と厚い唇はアフロテラナーを思わせるが、よく見ると違うのがわかる。ジョーはポリネシド＝Kタイプで、テラのポリネシア地域の原居住者に見られる特徴をよくのこしていた。顔は細長くてちいさく、部族をしめす芸術的な入れ墨の曲線が額と頬の半分をおおっている。細身だが筋肉質のからだはブルーグレイの作業用コンビネーションにつつまれていた。

「ジョー、話をする前に考えてくれ、遅れれば遅れるだけ《ラサト》が不利になることを！」

「それは違います！」ジョーの深い声が響いた。一語一語熟慮するように、ゆっくりと慎重に話している。「その行動は間違いです。大局を見てください!」

ホログラムがすこし動き、ロワは相手が片手になにかの道具を握っていることに気づいた。泡立て器を思わせる。修理用具ではない。それは船のエンジンのエネルギー流を調整する、エネルギー伝導機だった。

「なにをする気だ?」ロワはいらだった口調でいい、チップに船をスタートさせるよう合図した。

「やめろ!」ジョーの大声が響いた。「そうはさせない!」

上昇しかけた《ラヴリー・ボシック》はふたたび着陸し、船はグラヴォ・エンジンの故障を報告した。

「あいつが妨害してる!」チップが拡声器ごしに叫んだ。「シガ星人のあらゆる生き霊に捕まって、一万分の一に縮められてしまえばいい。何様のつもりなんだ?」

「これはチャンスなんです」ホログラムが主張する。「われわれにとって、唯一のチャンスです。逃すわけにはいきません。重要なのは、この星間帝国との交易関係の構築です。だれもがわかっているはず。もう自由商人のメンタリティはなんの役にもたたない。大局を見てください。あなたたちはわからず屋だ。とくにあなたです、ロワ。船はスタートさせません。あなたたちが些事《さじ》にこだわっているかぎり。しりぞくつもりはありませんよ。必要なら、暴力も辞さない覚悟です。自分のしていることはわかっています！」

ホログラムが消えた。その場にいたヴィーロ宙航士たちはとまどって沈黙している。

ヴィールス船がいった。

「わたしにはどうにもできません。かれの行動は常軌を逸しています。操作された部分を復旧するのは不可能です。助けてください！」

チップが反重力装置を使って壁の窪みから飛びだし、ロワの顔の近くに浮遊した。ロワとデメテルの周囲に人が集まってくる。四名のルビン人はすこしはなれて立っていた。マウリアが『タンホイザー』についてなにかつぶやいている。ワーグナーの音楽が彼女のいまの気分にちょうど合うらしい。怒りっぽい同族のアラブリスタが、口を閉じろと叱責している。

「わたしにいい考えがあります！」巨大シガ星人がいった。「最近、何度かあのポリネシア人の奇妙な行動様式を観察していたんです。たいしたことではないと思って。たぶんコンテストのストレスと、そのあと勝利の美酒に酔ったのが原因です」

「だからなんだ？　どうしてかれだけがあんな行動をとる？」と、ロワ。

「わたしに訊かれても困ります、ロワ。単純に、頭がおかしくなったんでしょう。忍びよる狂気に捕らえられたんです。星々への憧れの犠牲となった最初の者かもしれない。ああいう人間は、慣れ親しんだ環境から引きはなしてはいけないんです」

「まるで、かれがほんとうにポリネシアで生まれ育ったと思っているようだな」ロワが非難がましくいう。

「いけませんか？　かれが他人と違うところが、ほかになにかありますか？」

チップはデメテルの近くに移動し、

「あなたはどう思います？　ウィンガーとしての意見は？」

デメテルが銀色の髪をなでると、髪はきらきらと輝いた。

「ジョー・ポリネーゼにはそうするだけの理由があったんでしょうね。外因性のものか、内心に由来するものかはわからないけれど。それがなんなのか、探りだすしかないわ」

「は！」チップは憤慨して叫んだ。「もっとかんたんな方法がありますよ！」問題がさしせまっているにもかかわらず、かれはそこで一拍おいた。「障害は排除するしかありません。ジョー・ポリネーゼをやっつけるんです！」

たしかにそれがいちばんかんたんだろう。だが、それはたとえば《ラヴリー・ボシック》を破壊するのと同じくらい無意味だった。くわえて、だれが生命体としてより価値が高いかをはかるのは、人間の手にある。

「司令スタンドを出て、結果を出すまでもどってくるな、チップ！」ロワが命じた。「進行状況は船がつねに教えてくれる。きみがジョーのもとに向かっていることを、かれに知らせることはない」

「了解しました」船が答える。「ジョーからのコンタクトはすでに遮断しました」

ジョー・ポリネーゼ 第一の日誌

わたしはジョー・ポリネーゼ。ヴィーロ宙航士たちはジョーと呼ぶ。テラにいたときは観光客から〝ポーリー〟とか〝ポリー〟とか呼ばれ、それでよしとしていた。ネーゼやネッシーよりましだったから。わたしの鼻《ナーゼ》はわりと目立つが、わたし自身はまったく目立たない。

出身はポリネシアで、観光客向けのアトラクション施設で働いていたが、もともとは違う。いってもいいかな？　いいだろう。ロワ・ダントンと友たちには感謝している。わたしに職務をあたえてくれた。いまは宙航日誌の管理をしている。《ラヴリー・ボシック》の日誌、自由商人の日誌だ。

さて、わたしはもともと贈り物だった。宇宙ハンザからテラナーへの贈り物だ。だれかからトロイの木馬といわれたこともある。ばかばかしい。わたしはトロイの木馬ではない。われわれの任務も、中空の木馬を敵のなかに送りこむといったものではない。平和的な任務だ。人類のモラルに反するようなことはしない。われわれは自由商人だ。取引し、利益をもとめる。そのために《ラヴリー・ボシック》で異銀河エレンディラまできているのだ。

ついさっき《ラサト》のロナルド・テケナーとのコンタクトが失われた。それまでもエネルプシ通信でつながっていただけだ。レジナルド・ブルと、かれがひきいる《エクスプローラー》複合体とも、以前から連絡がつかなくなっている。ロワがブリーを心配していることは、ここではくりかえさない。ブリーはロワの名づけ親だ。ロワは子供のころからかれを知っている。赤みがかったブロンドの髪を見ると、ブリーがロワの父親でもおかしくない。だが、その話はここでは関係ない。

この第一の日誌では、まず、自分自身のことを語ろうと思う。

わたしは五十九歳になる。父は科学者で、母は技術者集団の産物。わたしは最初から、絶滅した種族の生きた標本だった。わたしのあとにはインディアン、ラップ人、パプア人など、さらに多くの絶滅種族の標本が生みだされた。だが、いつかどこかで政治的決定がなされ、こうした行為はさしとめられた。あるいは宇宙ハンザが全盛期に向かっていたあの時代の趨勢そのものが、すべてを終わらせたのかもしれない。

つまりわたしは遺物であり、プラスティック・フォリオ地図で活動領域を決められていた。古代に自生していた木でつくった丸木舟をあたえられ、ハワイ、イースター島、ミクロネシアとポリネシアの島々を順番にめぐった。島ごとに小屋を手に入れ、ココナツを収穫し、〝祖先〟と同じ原始的な条件下で生活した。ほぼ石器時代と変わらない生活だ。

わたしは観光客向けのアトラクションのため、二千年前のポリネシア人のようにふるまうことを義務づけられた。ある場所からべつの場所にグライダーで運ばれ、行き先にはいつも観光客が集まっていた。丸木舟ごと反重力ビームでグライダーに収容され、南東に二千キロメートルはなれたところまで運ばれるのだ。わたしの意志は無視された。そもそもだれも、わたしに意志があるとは思ってもいなかったのだろう。

それはわたしがなんなのかという点に関係している。〝だれなのか〟といわないのは、わざとだ。わたしは物体だから。日誌をまかされたのを大きな名誉だと感じるのも、そのためだ。

日誌が重要だからまかされたのではない。ヴィールス船の意識は無制限の記憶容量をそなえているから、日誌など必要としない。いつか《ラヴリー・ボシック》が破壊されることがあれば、わたしの日誌などなんの役にもたたない。いっしょに滅びるだけだ。

わたし自身の記憶はべつにして。

わたしの日誌を読んで、まだ驚いているのか？　いいだろう。じらしてもしかたがない。

わたしの外見は人間だ。テラナーのように感じ、考え、行動する。それでもわたしは科学者と技術者とマシンの子供、生化学製品であり、いわば人工的につくられた人間だ。

わたしはジョー・ポリネーゼ。観光客向けのアトラクションの時代は終わった。

いまは一ヴィーロ宙航士だ。

同類のなかで、ヴィーロ宙航士になったのはわたしだけだろう。実際どうなのかは知りようもないが、それを調べるのはわたしの仕事ではない。

肝に銘じてもらいたい。ジョー・ポリネーゼは人間ではない。

わたしは長所も短所もそなえたアンドロイドだ。以前、そのことは秘密だった。観光客はわたしをほんものの人間だと思っていたから。そんななかで、わたしは自意識を持つようになった。かくしごとに終止符を打った。ヴィーロ宙航士は全員、わたしがほんものの人間ではないと知っている。

人間そっくりのわたしの肉体のなかには、人工的な理解力を有する人工の脳がおさまっている。この肉体は人間よりも作業能力が高い。傲慢になっていても不思議はなかったろう。だが、わたしはそうならなかった。海ですごした時間は瞑想と、知識の習得のためにあった。希望と覚醒のための時間だったのだ。

わたしは贈り物だったとき、子供だった。観光客向けのアトラクションだったときは青年だった。ヴィーロ宙航士になってようやく、成人の段階に到達した。

その合間にあったのは、憧れだ。地球人類よ、きみたちは憧れとはなにか知っているか？

多くの者が知っている。それをみずからの魂で体験するから。アンドロイドには魂がないといわれる。その意識も人工的なものだ。生きた皮膚につつまれたマシン。擬似的な有機生命体で、脳内では歯車が動いている、と。わたしはこの間違った比喩が大嫌いだ。わたしは柔軟な皮膚におおわれたロボットではない。ほかの多くの人間と同じ存在だ。

違うのは繁殖できない点だけ。わたしの魂にはその部分が欠けていた。人間に対して敬意も好感も愛情も感じるが、それは一般的なものでしかない。デメテルのような女性に対しても、金属部品のようなあだ名で呼ばれるコーネリウス・〝チップ〟・タンタルに対するのと同様の感情しかいだけない。

つまり、すべてが平等なのだ。それでも、わたしには魂がある。憧れを感じることができるから。あの不安だった日々、わたしはそれを感じていた。観光客はひとりもおらず、オセアニアは寂れ、だれもわたしになにかをもとめていなかった。

わたしはひとりで、内心の声だけを聞いていた。

異郷への憧れがわたしをとらえた。わたしは仕事の領域をはなれ、雇用主の費用負担でテラニア・シティに旅行した。そのなかで、異郷への憧れは星々への憧れになった。ゴシュン湖に降り立つと、夜どおし星空を眺めた。星空はわたしを惹きつけ、力強くささやきかけてきた。

〝もっと近くに！〟そういっているのがわかる。わたしは出発し、ヴィールス船を見つけた。ヴィーロ宙航士のことを聞いた。なにがあったのかを人々にたずねた。笑う者もいた。真剣に受けとってくれる者も。それはわたしと同じような経験をしてきた人たちだとわかった。

星々への憧れはわたしの人生を変えた。わたしは《ラヴリー・ボシック》に居場所を見つけ、船がスタートしたとき、ついに悟った。わたしの存在にあらたな意味が付与されたのだと。

われわれは《エクスプローラー》と《ラサト》とコンタクトしながらエレンディラ銀河をめざした。

「聞こえますか?」と、わたしはたずねた。わたしの姿はホログラムで船内のあらゆる場所にうつしだされている。「わたしはアンドロイドですが、あなたたちと同じ、ヴィーロ宙航士です!」

かれらはなにもいわずに受け入れてくれた。わたしがロワ・ダントンと精神的に同じ興味を持っていることを認めてくれた。わたしはかれらの仲間になった。

そしていま、《ラヴリー・ボシック》は孤立している。たぶん銀河のどこかでべつのヴィールス船に出会うだろう。いずれわかる。いまはとにかく、選んだ目的ポジションに向かうだけだ。

わたしは日誌をつける。すべてを記録する。

自己紹介のあとは、今後の記載に一人称は使わないことにしたい。うんざりさせてしまうだろうし、自己中心的すぎる。友のヴィーロ宙航士たちも、行動と態度を正しい場所に記録される権利があるはずだ。

2

「ジョーはまだグラヴォ・エンジンのドーム内にいます。気をつけてください、チップ。相手は武装しています！」

「お気づかいどうも！」コーネリウス・〝チップ〟・タンタルはそういったが、拡声器がないので、その声はほとんど聞きとれなかった。ヴィールス船は問題なく理解している。音量はあまり関係ない。どんな発声にも対応でき、ルビン語やクカートン語と同じく、ソタルク語も完璧にマスターしていた。

チップは反重力フィールドで舞いあがり、《ラヴリー・ボシック》船内で二番めに大きなドームに向かった。ヴィールス素材の砂色の戦闘服を着用している。腰に巻いたベルトには反重力装置と個体バリア・ジェネレーターを装備していた。ベルトは軽量で、ほとんど着用感がない。ヴィールス船がテラナーの指示でつくりだしたものだ。ただ、ベルトと装置類は一体化していて可変性がなく、べつのものに姿を変えることはできなくなっていた。可変性があるのはごく些細《ささい》なものだけだ。チップはそれをコンビネーシヨンの胸ポケットにおさめていたが、戦闘服を開かないとそこには手がとどかない。オペラ狂のルビン人の声で『闘牛士の歌』をまねながら、どうやってジョー・ポリネーゼをやっつけるのがいちばんいいかと考える。あのアンドロイドが狂っているのはまちがいない。

チップは記憶を探った。前衛騎兵だった時期には貴重な経験を積んだもの。かれは最後まで、二万名の前衛騎兵の一員だった。地球上の二万の都市にあったヴィールス柱の上、ヴィーロチップのなかに配置され、情報流を制御していたのだ。この事実と、巨大シガ星人という特性から、かれは〝チップ〟とあだ名されることになった。

「反重力装置で出せる速度はこれが精いっぱいか？」と、つぶやく。船は答えなかったが、上昇速度がすこしあがった。最上部の出口が近づいてくる。開口部を弾丸のように通過し、ベルトの装置で冷静に減速。シャフトの外壁すれすれで停止し、周囲を見まわした。

ヴィーロ宙航士たちの姿はどこにも見あたらない。目の前の大ホールに隣接するキャビンに撤退したようだ。グラヴォ・ドームの近くにいないほうがいいと、船が警告したのだ。狂ったアンドロイドからヴィーロ宙航士一万名を守るため、あらゆる手段を講じている。

チップは頰を膨《ふく》らませ、音をたてて息を吐きだした。

「は！」と、声をあげる。「大笑いだな。なんて小心者どもだ！　情けない連中だよ！」

床から上昇し、大ホールを横切る。反対側のパノラマ窓から入る惑星レンパルの昼側の光で、そびえるグラヴォ・ドームが見えた。ほかにもちいさなドームがあるなかで、ひときわ目につくゴールドのドームだ。その下にエネルプシ・エンジンが格納されている。

《ラヴリー・ボシック》はまるいチーズのようなかたちの上に、幾何学的な構造物がいくつか突きだしているように見えた。技術ステーションを収容している球体やドームの背後に、一部が弧になった正方形の切れこみがある。その反対側には〝工場〟があった。独自のエネルプシ・エンジンをそなえた自給自足設備で、自由に飛びまわって原材料を調達したり、利用したりできる。そのなかには倉庫も設置されていた。船首から横にずれた部分には操縦スタンドが腫瘍《しゆよう》のように垂れさがっている。司令室をのぞくともっとも重要な科学ステーションであり、乗員のためのキャビンも併設されていた。

横から見た《ラヴリー・ボシック》は、浮き輪のついた大小さまざまなドームが水面に浮かんでいるように見えた。そのためヴィーロ宙航士の多くはこの船を〝泳ぐ島〟と呼んでいる。エネルギーの流れに乗り、プシ・ネットのラインをたどって、宇宙を泳ぐように旅しているから。船のサイズはたいした問題ではない。直径は最大部分で六百メートル、最小部分で五百三十メートル、いちばん高い部分が百三十メートルあった。チップとしてはおもしろくないが、《ラヴリー・ボシック》は最大のヴィールス船ではない。《エクスプローラー》のほうが数字では上まわっている。乗員数でも、銀河系を探す長旅に出た当初の《ソル》のほうが多かった。とはいえ、ちいさなヴィールス船に一万名の乗員とは！　この船がどれほどコンパクトにつくられているかを知らなければ、とても信じられないだろう。複雑なニューガス・エンジンを搭載するための拡張スペースはヴィールス船には不要だし、《ソルセル》を結合したり分離したりするための装置も必要ない。ヴィールス船は意識を持った機能ユニットだった。

　ヴィールス集合体でありながら、どこか〝生きている〟という印象をあたえるのだ。船内の生命体はだれもがそう感じていた。

　たぶん、アンドロイドを唯一の例外として。

　チップはヴィールス物質のパノラマ窓から急いで目をそらし、連絡通路のちいさな開口部に向かう。供給シャフトだ。シガ星人はときどきその種の通路を利用していた。これらは従来の船のサービス用シャフトに似ている。

　近づくとハッチが自動的に開き、チップは急いでなかにもぐりこんだ。滑るように進んでいくと、周囲が明るくなる。水平にのびる通路の内壁が発光しはじめたのだ。

「ジョーはまだドームのなかです。ほんのすこし場所を移動して、相《あ》いかわらずエンジ

ンをいじっています。わたしは惑星表面からはなれることができません」船がすべての
ヴィールス・ルートを使ってささやいた。ヴィールス性チューブのいくつかは半透明に
なっている。飲料水はそこを通って船内各所に運ばれるのだ。「ジョーがこんな行動に
出た理由はわかりません。正気にもどらないと《ラサト》のヴィーロ宙航士の命を危険
にさらすことになるのは、わかっているはずですが」

「理由なら知っている！」チップは手で髪をくしゃくしゃにした。髪があらゆる方向に
跳ねる。「狂ってしまったんだ。あのアンドロイドはただちに市場から回収するべき
だ！」

かれはベルトからさげた重ブラスターをなでた。その横にはちいさなポーチがあり、
なかには卵形の物体が入っていた。

「手榴弾を持ってきたのですか」と、ヴィールス船。「わたしを爆破する気ですか？
それは許されません！」

「心配するな。爆発させるにしても、《ラヴリー・ボシック》の外でやる。宇宙港のど
こかで！」

「それならいいでしょう、チップ。宇宙港までの最短コースを教えます。ですが、ほん
とうに……？ ジョー・ポリネーゼはヴィーロ宙航士ですよ！」

「かばうのはやめろ！」シガ星人は叫んだ。「後悔することになるぞ！ それとも、ほ

かにもっといい解決策があるのか？」

「医師に診《み》せるというのはどうです、チップ？」

メンターはなにも答えなかった。ヴィールス船の気質は知りつくしているので、終わりのない議論に意味がないことはわかっている。議論するだけなら、司令スタンドにいても同じことだ。

船がしめすハッチの前に着き、慎重に開ける。目の前にグラヴォ・エンジンのドームがあった。ブロック状に積みあがったヴィールス・マシンが見える。べつのマシンが細い柱の上で前後に揺れ、シガ星人の頭上はるか高くで蛇のような輝くらせんが震えていた。

チップは弾《はず》みをつけて突進した。万一の場合の逃げ道を確保するため、ハッチは開けたままにしておく。床に沿ってマシンのあいだを飛行。アンドロイドはどこかのブロックのあいだにかくれているはず。

船は沈黙していた。探す相手に気づかれないよう、話しかけるのをひかえている。ジョーともコンタクトしていない。チップは奇襲の効果を全面的に期待できる。ベルトに手をのばし、武器をとった。麻痺にセットして、安全装置をはずす。

物音が聞こえた。ドーム中央のほうからだ。シガ星人はそちらに向かった。まるで妨害するように、頭上ではらせんがしゅうしゅう鳴り、横ではマシンブロックが騒々しく稼働している。船を動かすために反重力フィールドを形成しようとするのだが、ジョーがエネルギー伝導機で妨害するため、うまくいかないのだ。

いまにもカタストロフィが起きそうだった。アンドロイドがばかな行動をやめないと、グラヴォ・エンジンが崩壊してしまう。

巨大シガ星人の敏感な耳がまたしても物音をとらえた。速度を落とし、細い柱のひとつの基部で停止する。かれは反重力装置のスイッチを切り、徒歩で移動しはじめた。

目の前にグラヴォ・エンジンの心臓部が出現。窪みのなかに直立する心棒のような構造物だ。下端は床に固定され、上端は心棒からせん状に形成されたエネルギー・アーチにつつまれている。窪みの周囲には手すりがあり、一カ所でとぎれて、そこから心棒の開口部まで、ちいさな橋が架かっている。チップはアンドロイドがそこに立っているものと予想していたが、そうではなかった。開口部の前に一清掃ロボットが立ち、触手をのばしてエネルギー伝導機を開口部に押しこもうとしている。

チップは武器をあげたが、その瞬間、すぐ近くで床が揺れるのを感じた。アンドロイドがマシンの陰から飛びだしてきたのだ。チップは恐怖の叫びとともに、ベルトの装置の力を借りて安全なところまで後退した。

「やっぱりな！」ジョーが脅すようにいう。「思ったとおりだ。そうはいくものか。きみがくるのはわかっていた！」

チップは空中で弧を描き、高度をあげた。同時に、ロボットがバリアで心棒から保護されていることに気づく。ジョーはすべてを考慮して、船が状況を変えられないよう手を打っていた。アンドロイドはシガ星人と同じような個体バリアで身を守っている。

「頭がおかしくなったのか！」チップが叫んだ。「なにをやっているんだ、ジョー！」

「わたしはいつもどおりだ」と、アンドロイド。

「いや、明らかにどうかしている。以前のきみなら、こんなばかなことはしなかった。この数日、数週間のあいだに、なにがあったか忘れてしまったのか？　冗談のことも、コンテストのことも？　惑星オリノドでだれに殴り倒されたのかも？　きのう二枚の反重力プレートをとって、自分のキャビンにかくした理由も？」

「なにをいっている？　わたしはなにもかくしてなどいない」

「見てたんだよ。きみは変わった。以前ならしなかったことをしている。どうしてわれわれのあらたな故郷であるヴィールス船に破壊活動をしかけるんだ？　どうして《ラサト》のヴィーロ宙航士の命を危険にさらす？　救援がまにあわないと、ロナルド・テケナーと乗員たちが死ぬかもしれないのに！」

「わたしの知ったことではない！」ジョーが無愛想に答える。「重要なのはクカートン人に商品をおろすことだけだ！」

「われわれは自由商人であって、問屋ではない！　頑固すぎてそんなこともわからないのか？」

チップは議論を打ち切った。意味がない。アンドロイドは話に耳を貸さず、脳の機能が正常ではなさそうだった。きのう自分がなにをしたかも思いだせないのだから。

チップは急いで横に移動した。ジョーが両手をのばしてかれを捕まえようとする。だが捕まえそこね、橋の上につんのめった。かれはロボットのバリアを解除し、エネルギー伝導機を心棒の開口部から引きぬいた。

「全員に告げる！」チップは通信機ごしに、船内全域に言葉を伝えた。「エネルギー・フィールドを妨害していた伝導機は排除した。グラヴォ・エンジンはふたたび……」

かれは叫び声をあげ、床に倒れる。ベルトから白い煙があがった。恐怖とともに、ジョーがエネルギー伝導機を自分に向けたことに気づく。フィールド・プロジェクターからのエネルギーが流れこみ、装置が過負荷になったのだ。

「人殺し！」シガ星人はベルトを投げ捨てた。そのままではエネルギー・パックが爆発し、ずたずたに引き裂かれてしまうと思ったから。

だが、爆発は起きない。それでも反重力装置と個体バリアは機能を失った。もうベルトは使えない。

チップは駆けだした。急いでマシンブロックを掩体《えんたい》にとる。開いたままにしてあるハッチのことを考え、両脚にすべての力を注《そそ》ぎこんだ。

だが、アンドロイドが先まわりし、ほんの数歩でやすやすとシガ星人の行く手をふさいだ。身をかがめ、《ラヴリー・ボシック》のメンターをとりおさえる。

「きみは危険だ」と、ジョー。「排除しなくては。わたしの計画を妨害できないように！」――

かれは橋の上にもどり、ロボットにエネルギー伝導機をあらためて開口部に押しこませた。そのあとシガ星人を連れたまま、マシンブロックふたつのあいだを抜け、らせんのひとつの頂上に通じる斜路に向かう。

「あの上なら船の観察能力もとどきにくい。なにが起きても、だれにも知られることはない！」

そのとき、ヴィールス船が介入してきた。

「ジョー」精巧に調律された声が響いた。「なにをたくらんでいるのです？　どうしてチップをはなさないのですか？　かれがなにをしたと？」

「見せしめにするのだ。そうするしかない。わたしの計画はきわめて重要で、ほかのことはどうでもいい！」

ジョーはシガ星人を両手でつかんだまま、斜路をのぼりはじめた。

「チップに手を出してはだめです、ジョー！」

「なにもしないさ。利用するだけだ。傷つけるわけじゃない」

「そんなことをしてもむだ……」

ヴィールス船の言葉がとぎれた。アンドロイドがエネルギー障害領域に入り、すべてのコンタクトが無効になったから。かれの姿は影になり、事態がわかっているのはチップだけだ。

「わたしをどうするつもりだ？」シガ星人がかすれた声でたずねた。アンドロイドに握りしめられて、身動きできない。

ジョーは答えず、チップの頸をつかんで目の前にぶらさげた。

「二十センチメートルくらいか。ちょうどいい」そういって、大きく口を開ける。

「やめろ！」メンターは叫んだ。「船のことを考えろ。わたしは《ラヴリー・ボシック》を操縦しなくてはならない！　わたしはマグロでもイリプリュトでもないんだ！」

かれは声を詰まらせた。ジョーはチップのからだの向きを変え、足から先に口のなかに押しこんだ。チップは意識が遠のくのを感じた。気分が悪い。こんな最期を迎えるはずではなかった。周囲が暗くなる。アンドロイドが口を閉じたのだ。

ジョーは身長二十一センチメートルの巨大シガ星人、コーネリウス・タンタルをまるのみにした。

アルグストラの英雄にとって、それはじつに不名誉な最期だった。

「命令にしたがわないと、さらに犠牲者が増えるぞ」ジョーがいった。「要求をすべてのむなら、命を守ることができる」

＊

「なにが望みです?」船がたずねる。

ジョーは脅すような笑い声をあげた。ほんとうの笑いではなく、命令されてそうしているかのように聞こえる。アンドロイドが身じろぎすると、《ラヴリー・ボシック》は指摘した。

「ぎくしゃくした動きです。以前はもっと人間らしかったのに!」

「助けてくれ!」アンドロイドはそういったが、次の瞬間にはこう叫んでいた。「船の基幹要員をすべて司令スタンドに幽閉しろ。だれも外に出してはならない。それが第一の要求だ。わたしは出口に立って、ひとりずつ麻痺させていく。わたしに恭順をしめした者だけは行動の自由を認める!」

「ひとつ質問があります、ジョー。どうしてこんなことをするのです?」

「だれも理解していないからだ。わかっているのはわたししかいない。クカートン人は交易協定の第一歩だ。エレンディラとの交易によって、銀河系はあらたな飛躍を経験するだろう。ロワたちは盲目だ。人類のためにできることが見えていない!」

「かれらは自由商人です。自分たちのためだけに交易を実行します。銀河系のためでも、あるいは……」

「いってみろ!」と、ジョー。

「あるいは、宇宙ハンザのためでもなく!」

アンドロイドは硬直し、なにかを探すかのように首をめぐらせた。

「宇宙ハンザのためだと? どうしてそうなる?」

「考えればかんたんにわかることです。わたしをおろかだと思わないほうがいい。あなたはわたしを過小評価しています、ジョー」

アンドロイドはこわばって、

「要求を受け入れてもらいたい」

「受け入れられないことはわかっているはず。あなたはヴィーロ宙航士の多数を代表しているわけではない。命令にはしたがいません!」

「だったらおまえを破壊するまでだ、ヴィー!」

「でしょうね。コーネリウス・タンタルをそうして、ベルトだけをのこしたように」

「そのとおり!」

船の深い笑い声が響いた。

「そうだろうと思っていました、ジョー・ポリネーゼ。上級修了者が到着するまでスタートを阻止するという、あなたの目的は達せられるでしょう。ですが、船と乗員を奴隷化することはできません」

「わたしはアンドロイドだ。かならずなしとげる！」

するとヴィールス船がなにかいい、ジョーは黙りこんだまま、グラヴォ・エンジンのドームのなかを長いあいだうろついていた。動揺し、とほうにくれていたのだ。

「わたしは知っています」《ラヴリー・ボシック》がいった。「チップ・タンタルは生きています！」

ジョー・ポリネーゼ　第二の日誌

天空の指標、おとめ座よ。ストーカーの言葉により、そこは宇宙の中心点に移動した。エスタルトゥにいたる扉、奇蹟への入口、おとめ座よ。力の集合体の使者が語った第三の道をしめす三本の矢印が飾る宙域に、奇蹟が待っている。

エレンディラへ、至福のリングをもとめて！

リングは英雄精神のモニュメントだ。それは、女保護者エスタルトゥに仕えてその名声と注目をもたらすことを助けた者の、偉大さと力の証左《しょうさ》だ。

そう、真の女保護者は、第三の道を歩くことをなしとげた種族にこそふさわしい。その道は細く危険な小径だが、上に向かっている。たとえ人が自分のことにかまけていても、宇宙のすべてが上に向かうように。

第三の可能性は規則を超越し、混沌を凌駕《りょうが》する。

だから案内にしたがうのだ、星々の放浪者よ。三本の矢印にしたがえ。NGC464 9という数字を心に刻みこめ。それはエレンディラのシンボル。そこに向かえ、ヴィーロ宙航士よ。そこで奇蹟を目にするがいい。

銀河全体の桃源郷を体験するがいい。それを理解すれば、やがて自身がこの奇蹟を完成させるのに寄与することになる。

〝パーミット〟をだいじにせよ。それは想像もしていない可能性をひろげてくれる。通行許可証となり、のちにエスタルトゥのあらゆる奇蹟を理解するための道をしめすだろう。


シオム・ソムの、紋章の門。

スーフーの、怒れる従軍商人。

力の集合体で最大の銀河シルラガルの、歌い踊るモジュールの輪舞。

ムウンの、番人の失われた贈り物。

アブサンタ＝ゴムの、不吉な前兆のカゲロウ。

トロヴェヌールの、オルフェウス迷宮をめぐるカリュドンの狩り。

そのほか、力の集合体に属する五銀河の奇蹟。

「それ以上聞きたくない！」

脳内にメモの声が聞こえなくなると、ウィンガーのデメテルは長椅子から立ちあがって伸びをした。ストーカーが人類とギャラクティカーに貪欲になにをしたか、あらためてすべてを数えあげる。あの使節が人類とそれ以外の銀河系種族にしたこととの記録に耳をかたむけていたのだ。彼女は船のメモ・リールを使い、その内容から本質を抽出して比較考量する魔法の薬を精製していた。

なにもかも論理的に聞こえる。だが、それでもデメテルは引っかかるものを感じた。

「《ラヴリー・ボシック》！　なぜ、わたしは不安を感じるのかしら？」

「単純なことです、デメテル。あなたは数世紀にわたり、人類のメンタリティに慣れ親しんできましたが、本質はウィンガーのままです。一方、ストーカーは太陽系での広報キャンペーンを、テラナーのメンタリティにもとづいて調整しました。これがいちばんかんたんな説明です！」

「最大の問題はなに、船？」

「最大の問題はストーカーが嘘をついたことです。ただ、証拠がありません！」

「ありがとう。もういいわ」

「感謝にはおよびません、デメテル」と、ヴィールス船。「わたしが最善をつくすのは当然のことです」

最初から当然のことだったが、それでもふつうではない。

デメテルはうなじにかかった髪を掻きあげ、メモ室をあとにした。ロワと同居しているキャビンに向かう。ペリー・ローダンの息子は休息中で、夫婦の寝台の上でななめになって眠っていた。手足を曲げて寝ている姿に、デメテルはおもしろがるような目を向け、居間に移動して、さっぱりした飲み物をつくった。

異郷への憧れがかれらすべてを駆りたてていたその時期に、ストーカーの奇蹟の報告が重なったのは、たんなる偶然にすぎない。テラがクロノフォシルとして活性化したことで星々への憧れが解放され、人類やテラにいた他種族の者たちの一部がそれに反応したのだ。ロワとデメテルも完全にその影響を受けた。

寝台に横たわったロワはしずかに夢をみているようだ。デメテルにはどんな夢かわかるような気がした。かれのなかでは異郷への憧れとともに、自由商人の集まりを復活させたいという昔の願いが目ざめている。かれは自分の意図を公表し、しがらみのない者たちを周囲に集め、かれらとともに以前のように、研究と星間交易に乗りだそうとしていた。ラヴリー・ボシックが自由航行者の皇帝で、ロワ・ダントンが王だったときのように。ヴィールス船のヴィーロ宙航士たち一万名はあらたな自由航行者集団の中核となるだろう。

〝エレンディラへ、リングをもとめて〟というのがスローガンだ。いまのところ《ラヴリー・ボシック》の乗員は至福のリングについてなにも気づいていないが、船はプシオン流に沿って、帝国に属する最初の星系に向かっている。ブリーとテクが銀河辺縁部の調査で満足しているあいだに、《ラヴリー・ボシック》は中心部に直行する。

これまではだれにも阻《はば》まれていない。

デメテルはペルセフォネ・ドライをひと口飲み、壁のホロドラマに目を向けた。ロワとのこれまでの生活が描きだされている。きわめて個人的な、親密な情景もあり、彼女も目を閉じて、同じように夢をみはじめた。やがて、しずかな声で船が呼びかけてきた。

「ロワを起こしますか？　ブルーの矮星《わいせい》に接近しています。この星系にはいくつか岩石リングが存在します。興味を持つと思います！」

「寝室にホログラムをお願い！」

デメテルは急いで寝室にもどり、夫の肩に手を触れた。ロワがゆっくりと目をさまし、とまどったように彼女を見た。

「なにが……ここはどこだ。ああ、そうか！」

デメテルは寝台の反対側のスクリーンを指さした。天井にとりつけられた赤い光点の列のすぐ下に位置している。そこにうつっているのはブルーの恒星と一惑星だけの星系で、惑星の軌道に沿って均等に、八つの岩石リングがならんでいた。

「ティティウス・ボーデの法則から考えて、岩のリングはかつての惑星の残骸でしょう、ロワ、デメテル。結論を出すのはまだ早いかもしれませんが、惑星が破壊されたものと考えられます」

ロワは起きあがり、洗面所に入った。すっきりしたところで、妻とともに司令スタンドに向かう。

コーネリウス・〝チップ〟・タンタルが待ちかねたようにふたりを出迎えた。

「星系の本来のようすがわかるように、もうプシオン・ネットをはなれています。これからどうしますか？」

ロワはこれだけ接近すればグラヴォ・エンジンを使う意味があると判断した。プシオン流に沿って進むよりやや時間はかかるが、急ぐ必要はない。

ロワは星系内に入って捜索することを提案した。船の能力のおかげですべての乗員と同時につながり、全員が同じ方法で異論を述べたり、別案を提起したりできる。

反対はなく、ヴィールス船はただちに行動にうつった。通常航行なので、メンターのチップの助けは必要ない。

《ラヴリー・ボシック》は岩石リングに接近し、星系を周回する大きな軌道をとった。船の探知能力は充分で、唯一のこった惑星が防御バリアにつつまれていることがわかる。ただ、バリアの存在は、惑星近傍で宇宙船の活動が観測されない事実と矛盾していた。

ロワはこの星系が死に絶えているように感じ、こういった。

「友たち、なにを考えているのかはわかる。内面の衝動にしたがいたいのだろう。チャンスはかなりちいさい。ここはいかにも謎めいている。だが、だからどうした。謎があるなら解明すればいい！」

かれは自船が永遠の虜囚となる寸前であることに気づいていない。すでに惑星のことで頭がいっぱいなのだ。かれとヴィーロ宙航士たちがこの禁断の惑星の恐ろしさに気づいたとしても、そのときはもう、船への警告は手遅れになっていただろう。

＊

その船はピラミッド形で、一辺の長さは二百メートルほどあった。ヴィールス船は通信インパルスを受信し、独自にコンタクトを確立した。ヴィーロ宙航士たちの前に、奇妙な外観のクカートン人の姿がうつしだされる。

八本脚のクカートン人はこの星間帝国の支配的な知性体だった。かれらは百の有人星系を擁し、〝百恒星帝国〟を名乗っていた。そこに二十四の種族が居住している。銀河の中心からの距離は一万光年ほど。このあたりは恒星の密度が高く、恒星間の平均距離は半光年くらいしかない。そのため、クカートン帝国の領域は直径十光年程度におさまっていた。

クカートン人の言語はソタルク語だ。〝戦士の言語〟と呼ばれ、帝国内のビジネス用

・外交用言語という位置づけになる。日常言語はクカートン語だが、当初の両船間の通信で使われることはなかった。
「心から歓迎する」受信した言葉をヴィールス船が通訳する。「異人の訪問はつねによろこばしい。帝国に属する一連の世界の座標を送ろう。クカートン人と帝国の各種族は永遠の戦士カルマーとその教えの庇護下にある。その教えがどんなものか知りたいかね？　われわれの惑星を訪れていけば、理解できるだろう」

「友好的な歓迎に感謝する！」と、ロワが応じる。「だが、まずはこの星系に注目したい。問題がなければ、許可をもとめたい。あなたがたの帝国内にあるのだから！」

「宇宙の版図としてはそのとおりだ、異人の友よ。だが、そこはカルマーに委託された星系で、特別な手つづきが必要になる。バリアのなかの惑星にどんな種族が住んでいるのか、われわれも知らないのだ。データは歴史から消えてしまっている。禁断の惑星であり、何者も立ち入ることはできない。異人であっても同様だ。こちらは調査船だが、あなたがたが惑星セテゴンに近づくことは許可できない！」

だれかに袖を引かれ、ロワの注意がそれた。かれの横で宙に浮かんでいるのはチップだった。

「屈してはいけません」かろうじて聞きとれる声だ。「われわれは宇宙の自由市民です。指図されることはないはず」

「あなたたちとの関係を壊したくはないが」と、ロワ。「それでも着陸したら、どうなる?」

クカートン人は躊躇《ちゅうちょ》した。相談をしているようで、そのあいだ、ピラミッド船とのつながりは映像だけになった。《ラヴリー・ボシック》が音声回線の途絶を報告。やがてようやく回答があった。

「あなたたちは異人なので、いまの質問にも悪意はないのだろう。バリアは船の着陸を妨げないが、なにものも惑星からはなれられなくなる。これはセテゴンに猶予期間を設けたカルマーの決定だ」

「警告に感謝する」

ロワはほっと息をついた。あやうく船を災厄に導くところだった。とはいえ、惑星上でなにが起きているのか知りたいのは変わらない。

「航行をつづけよう」と、決断する。「エスタルトゥの奇蹟はべつの場所で見つかるだろう!」

「エスタルトゥとはなんだ? エレンディラの奇蹟とは、至福のリングのこと」クカートン人がいった。「あなたがたの目はなぜ曇っているのだ? この星系の、至福のリングを見るがいい!」

ロワは目をむいた。唖然として言葉もない。《ラヴリー・ボシック》の司令スタンドだけでなく、船内のすべての部署が水を打ったようにしずまりかえった。

まるで啓示だった。

破壊された惑星の岩石リングこそ、エレンディラの至福のリングだったのだ。

ヴィーロ宙航士には信じがたいことだったが、クカートン人たちの言葉は力強い。かれらはその後、調査を継続するため、ブルーの矮星を主星とする星系のべつのポジションに移動していった。あとには混乱した人々がのこされた。きっとクカートン人たちは、なぜ異人がほかの惑星への招待をとりあえずでも受け入れなかったのかと、不思議に思っているだろう。

至福のリング。エレンディラのリング。

「不可解だ」ジョー・ポリネーゼの深い声が司令スタンド内に大きく響いた。「こんなことがあるなんて」

デメテルの目が暗くなった。彼女はちらりと夫を見て、口もとをゆがめた。

「徐々に考えがかたまってきたわ。わたしたちに告げられた奇蹟はどこかおかしい。すくなくとも、このエレンディラではなにかが間違っているわ！」

「待つしかない！」ロワはため息をつき、船に指示して座標を取得する。ブルーの恒星とセテゴンからいちばん近いのは、オリノドという惑星だった。

3

「エディム・ヴァルソンは白い飾り帯を身につけている。シャドに課される十種の試験すべてに合格し、いまや勇士とみなされるようになった。勇士とはいえ、戦士カルマーの輜重《しちょう》隊でのポストを見つける途上だ。勇士のだれもが自分にとっての偶像、すなわち模範を、エルファード人やそれ以外の高位の輜重隊員のなかに探して仕えるのだ。驚くべきことではないか？　そういう勇士たちがわれわれの惑星に敬意を表するのはよろこばしい。

ヴァルソンは英雄学校のことを教えてくれる。ウパニシャドの教えを伝えてくれる。おかげで惑星レンパルには、なにかが起きることになる。われわれには不相応ななにかが。あるいは、そうでもない？　地下の試掘者および上位試掘者よ、諸君は全クカートン人のなかでもっとも勤勉だ。だからエディム・ヴァルソンは諸君のもとを訪れる。かれの来訪は、呼びかけを感じた一学徒がまもなくレンパルから惑星クリールに向かうという合図なのかもしれない。クリールにある英雄学校に。よろこぶがいい。希望に満ちるがいい、クカートン人たち！」

声が消え、トランスレーターによる通訳も終わった。二枚貝形の浮遊車輛が遠ざかっていく。午後早くの空は薄黄色に輝き、そこにグレイがかった赤い筋が入っていた。雲塊がゆっくりと北から南に流れ、筋の中央には巨大な赤い目のような恒星イリラムがかかっていた。その五つある惑星のうち、第三惑星がレンパルだ。

ヴィーロ宙航士たちはゆっくりと船をはなれ、採鉱船と鋳造船のあいだを進んで、宇宙港のはずれの開けた場所に向かった。エネルギー柵に沿って、見わたすかぎりクカートン人が休息している。すいているのはヴィーロ宙航士が向かっている、宇宙船に近いあたりだけだ。

ルビン人のスポークスマンである身長二・六メートルのアラブリスタが息を荒らげ、両手でボクシングのかまえをとった。

「かかってこい。やっつけてやる。全員だ。いちばん悪い相手を選んだな！」

アラブリスタはあらゆる問題をボクシングで解決しようとすることで知られていた。だが、今回はそんなことを要求する理由がない。クカートン人たちはおだやかに規律を守っているのだから。

「全員でどう？」冶金《やきん》学者のソラニがいった。「ひとり対全員。あなたにとっていい戦いになるわね、ちび！」

アラブリスタは怒りの声をあげた。かれはルビン人四名のなかでいちばんちいさいため、〝ちび〟と呼ばれても気にしないが、それでもテラナーの一・五倍以上あるのだ。そのときソラニの左耳のうしろ、髪の白い部分に目をやり、怒りはたちまち深い親愛の情に変わった。

「まあまあ、ソラニ。知っているだろう。きみが話を聞いてくれるなら、なんでもする。きみのためなら、レンパルの全住民をいっきにたたきのめしたっていい。きみはわたしの宝物、不安な夢のなかの一条の光、きみもそのことは……」

そこで顎を一撃されて頭が前に落ち、言葉がとぎれた。かれは振り返り、ナムパをにらみつけた。二十九歳のルビン人が四十歳のかれを殴ったのだ。

アラブリスタの顔が紅潮した。しわがれた叫び声をあげ、ライヴァルに襲いかかる。たちまち殴り合いになった。両ルビン人はこぶしを振るい、マウリアが悪名高い幕間《まくあい》の歌を歌う。ソラニだけは自制して、両者をなだめようとした。

「ばかなことはやめて」と、叫ぶ。「あなたたちのどっちもお断り。女性解放って言葉を知らないの？　男なんて必要ないわ！」

両ルビン人は衝撃のあまり手をとめた。同種族の女からそんな言葉を聞いたことがなかったのだ。その口調から、相手が本気でいっているのがわかる。かれらは力なくこぶしをおろした。

「そういうことなら」と、ナムパ。アラブリスタはかれを押しのけ、背後を指さした。

「ロワがきた。ソラニはどっちのものか、かれに決めてもらおう！」

こんどはソラニがかれを殴った。マウリアは『狂乱のアリア』の最初の小節を歌いだしたが、そこにロワ・ダントンとデメテルが到着し、舞台はお開きとなった。

「通信はもういい」ロワがいった。「テクから応答はないし、アンドロイドがグラヴォ・エンジンを操作しているかぎり、スタートして救難信号の発信ポジションに向かうこともできない！」

ジョー・ポリネーゼはドーム内に潜伏し、うまく身をかくしていた。ヴィーロ宙航士たちでは捕まえることができない。ジョーからはエンジンを破壊するという脅迫があった。かれの要求はわかっているが、動機がまったく不明だ。

ヴィールス船は、当面ほうっておくべきだと助言した。かれが脅しを実行する危険があるから。

そこでヴィーロ宙航士たちは待機し、目前に迫った上級修了者エディム・ヴァルソンの訪問に関心をうつした。

「チップはどうしました？」火器管制スタンドの技術監督のひとりであるファルガン・モスレーがたずねた。「顔を出しましたか？」

ロワは否定した。メンターはまだあらわれない。探してもむだだった。ヴィールス船しかなかった。

によると、かれは生きているが、未知の場所に身をひそめているらしい。《ラヴリー・ボシック》の言葉は無条件に信じられるので、ヴィーロ宙航士たちは状況の変化を待つしかなかった。

ソラニがロワに向きなおった。

「あの〝わかずら屋〟たち！」わからず屋といいたいのだろう。彼女はインターコスモで苦労していて、ときどき単語の音節を入れ替えてしまうことがあった。「おろか者たち！　かれらをわたしに近づかないようにしてもらえませんか、ロワ？」

「どうやってだね、ソラニ？　わたしには、きみたちに命令する権限はない！」

「だったら、昔にもどればいいんです！」

「だめだ！」ロワは反論した。「絶対に。昔のやり方を蒸し返すべきじゃない」

あらゆることがそうなのだ。自由航行もふくめて。ロワは昔のことを、また、最近のテラからの旅立ちを思い返した。異郷への憧れに捕らえられたとき、同時にかつての自由航行者集団を再建したいという思いもいだいたもの。同志たちと徒党を組み、幸福だったラヴリー・ボシック皇帝時代のように、研究と星間交易に精を出すのだ。かれにとってはかんたんなことだった。

だが、当時はいまとは状況が違い、きびしい身分制度があった。自由交易船の船長は大公と呼ばれ、将校は貴族、一般乗員は農夫と呼ばれた。かれらすべての上に立つのが王であり、全体を代表するのは、まだポジションを知られていなかった惑星オリンプに住む皇帝だった。ラヴリー・ボシックはのちにヴァリオ＝500型ロボットと交代した。オリンプの皇帝、アンソン・アーガイリスである。当初、自由商人は魅力的な悪党という印象で、あらゆる犯罪に手を染めると考えられた。実際にはかれらが人類の福祉に背いたことはなく、多くの未開世界に開発援助を提供していたのだが。

その一例が、ソルから二千九百十七光年はなれた惑星ルビンだった。ロワは二四三三年にルビンを発見し、そこに巨大なホワルゴニウム鉱山を確認した。その後の自由航行者の経済力はこの発見があればこそだ。ルビンは黄赤色恒星と八惑星からなるロワ星系の第三惑星だった。そこに暮らす原住種族はロワが到着するまで、高度に発達した知性体を見たことがなかった。身長がほぼ三メートルに達するカンガルーに似た生命体は石器時代段階にあり、自由航行者を神とあがめたもの。かれらの持つ道具の一部には高価な鉱物が使われていた。ホワルゴニウムが。

自由航行者がルビン人の信仰と迷信を利用して、ホワルゴニウム鉱床を収奪することもできただろう。それをとめられる者はどこにもいなかった。だが、かれらはそうはしなかった。赤い肌の原住種族に物々交換で、最高級の金属の道具、現代的な建材、手押し車とリヤカー、織物、種子、繁殖用の家畜を提供したのだ。ルビンにテラの馬が導入され、喧嘩っ早いアラブリスタはしょっちゅうこういったもの。

「わたしは馬に乗れるんだぞ!」

自由航行者はまた、ルビンにおける親族間のはげしい争いをやめさせ、文明を金属器時代に注意深く進化させた。それ以降、ルビンの発展は加速し、わずか千六百年程度で銀河系標準にまで到達した。とはいえ、独自の宇宙航行技術を開発したわけではない。赤道環のある旧型の二百メートル級球型船三十六隻をテラから購入したのだ。エンジンは独自技術によって新型に換装された。ルビンはGAVÖKには加盟していないが、ギャラクティカムの一員となることを熱望している。《ラヴリー・ボシック》に乗っているルビン人四名は、テラで星々への憧れにとりつかれ、故郷への帰還をあきらめてヴィールス船に乗りこみ、ロワと自由商人の仲間になったのだ。

自由商人の取引方法も当時を思わせるものではない。身分制度も主従関係も存在しない。いまはだれしも、意味があると思うこと、おもしろそうだと思うことをするだけだ。ひとつには、当時といまの人間そのものが大きく異なるということがあった。精神的にも倫理的にも、いまのほうが成熟している。

航行の最初のころ、ロワはヴィーロ宙航士たちに当時の映像記録を見せた。かれが旧暦十八世紀の服装に身をつつんでいるのを見て、全員が腹をかかえて大笑いした。膝丈の白いズボン、赤い燕尾服、グリーンのヴェスト、その下には襞襟《ひだえり》つきの白いシャツ。グレイがかった銀色の三つ編みのかつらの上に黒い三角帽。白粉《おしろい》をはたいた顔は死人のように青白い。鞘《さや》におさめた長剣を腰にぶらさげて、なにを見るにも左手に持った鼻めがねごしに間近から観察する。

すべてはマイクル・ローダンが独自性を追求した結果だ。わざとらしい口調で自分がこういうのを聞いて、ついに本人も笑いだしてしまう。

「オロ……なんだこのハンカチ、香りがしないぞ。何度いったらわかるのだ？」

ヴィーロ宙航士たちが昔の状況を理解しはじめたのを見て、ロワは再生を中止し、ふたたび記録を再生するときはかれの許可を得るようヴィールス船に指示した。見世物になるつもりはない。ブリーの《エクスプローラー》のようすは、混乱しすぎだと思えた。明確な指揮と模範がなければ、数千名の乗員を擁する船を運営していくことはできない。全員がそれぞれ違うものをもとめはじめたら、決められた目的地に向かって航行することなど不可能だ。

ロワとデメテルはヴィーロ宙航士をうしろに引き連れ、開けた場所の最前列に陣どった。そこにもエネルギー柵があり、ちいさなスピーカーからソタルク語できびしい声が響いた。その場で停止し、柵の先には進まないように、と。

ヴィーロ宙航士たちは足をとめ、光る柵に沿ってゆるやかな集団をつくった。頭上では暗いしみが空からおりてきて、採鉱都市の建物の上にふっくらした短い弧を描き、広場の上を滑空してから着陸した。小型船で、全長はせいぜい十メートル、幅はその半分くらいしかない。形状はたいらな楕円体だ。地上で停止するのとほぼ同時に側面のハッチが開く。地上半メートルほどの高さで、エネルギー柵からグリーンのカーペットが空中にのび、ちょうどハッチの手前で終わった。

群衆がざわめく。十名のクカートン人が構造亀裂を通って広場に入り、カーペットの上を歩いて船に向かった。上級修了者を出迎えるため、からだを地上にたいらにのばし、恭順の意をしめす。

やがて、エディム・ヴァルソンが船から姿を見せた。代表団をすくなくとも十分間は待たせたはずだ。柵の外にいる群衆が歓声をあげる。カーペットに巧妙にかくされたシステムのおかげで、歓迎代表団の言葉を聞きとることができた。

「ようこそ、崇高なる上級修了者よ」クカートン語で話され、ソタルク語でくりかえされる言葉を、トランスレーターが通訳する。「気高い勇士よ、惑星レンパルの住民はあなたに仕え、あなたにしたがいます。われわれの力のすべてを贈り物とします。あなたの存在はわれわれの幸福です！」

「うむ！」上級修了者はそういい、群衆のなかからあがる歓声を一身に浴びた。これほどの喝采を受けるのは生涯はじめてだろう。いままでは数いる生徒のなかのひとりにすぎなかったから。「感謝する、勇士の信奉者にして英雄の崇拝者たち。きみたちはわが栄誉を受けるにふさわしい。わたしはなんの迷いもなく、クリールからレンパルにやってきた。わたしの船《エッテナ》はウパニシャド学校から貸しあたえられたもの。上級修了者には、その自由な利用が認められているのだ！」

「あなたの道をつくります、勇士よ！」クカートン人たちがエネルギー柵の外を熱狂して動きまわる。

上級修了者はからだをまわし、ヴィーロ宙航士たちに目をとめた。宙航士もじっと見つめ返す。黄色いコンビネーション姿のエディム・ヴァルソンはおちつかなげに身じろぎした。外から見えるのは頭部と、触手の先端だけだ。白い飾り帯には物品がいくつかさがっていた。

「あれは何者か？」と、問いかける声が聞こえた。答えは決まっている。

「ゴリムです！」

その言葉はヴィーロ宙航士たちも知っていた。〝異人〟といったような意味で、侮蔑的なニュアンスがある。上級修了者がなにかつぶやくと、カーペットが浮きあがって動きだした。光の柵の直前で停止し、そのまま空中にとどまる。

「ゴリム！」ヴァルソンが叫んだ。「野蛮な者たちよ。よくもわたしを侮辱したな。持ち物をすべて捧げてわたしに服従すれば、今回の侮辱は忘れよう！」

だれかが笑い声をあげたが、ロワは片手をあげてそれを制し、声をあげて反論しようとする。だが、ヴァルソンは雷鳴のような声で先をつづけた。

「わたしに向かって触手をあげるとは、何様のつもりだ、下賤の者よ？」

「かれはヴィーロ宙航士の指導者よ」デメテルがいった。「あなたと話がしたいの！」

「ゴリム！」代表団のひとりが叫んだ。脅しなのか謝罪なのか、よくわからない。

「ただちに無条件降伏しないなら殲滅《せんめつ》する」と、上級修了者が宣言。「わたしは勇士であり、十種の試験に合格している。それがすべてだ。反抗する者はすべて死ぬことになる！」

「それは誤解だ」ロワが急いでいう。「あなたたちの感情を害するつもりはなかった。われわれ、異銀河からきていて、戦士カルマーの帝国における慣習や伝統を知らない。エレンディラ銀河にきたのはエスタルトゥの奇蹟のひとつを見るためだ。いまのところ主星のまわりを公転し、至福のリングと呼ばれている、破壊された惑星しか見つかっていないが」

「黙れ！」エディム・ヴァルソンは一喝《いっかつ》した。「エスタルトゥとはなんだ？　聞いたことがない。なんのたわごとだ？　平伏せよ！」

ロワは動揺した。上級修了者の無知にどう対応すればいいのかわからない。

デメテルが口をはさんだ。

「耳を貸してくれるなら、どうやってエスタルトゥのことを知ったか、説明しましょう。しばらく前、わたしたちの銀河に異人があらわれ、人類帝国の中心世界を訪問してきたの。異人はソト＝タル・ケルと名乗り、エスタルトゥの奇蹟について語ると、エレンディラ銀河にある至福のリングを訪れるようすすめたわ。生命哲学ウパニシャドとその意味についても語った。他者のよろこびをよろこび、内省し、最高の精神的知識を得るために努力することを。ウパニシャド生命学校を卒業すれば、そこの生徒シャドには最高の道徳的・倫理的価値がもたらされるとか。ソト＝タル・ケルことストーカーは、そのような学校を銀河系にも設立したいと望んでいるの。ギャラクティカーにエスタルトゥの哲学的価値観を分けあたえるために！」

「ソト＝タル・ケルだと！」ヴァルソンは感動の声をあげ、思わずのけぞった。「だが、きみたちはゴリムだ。なぜソトは、よりによってきみたちの前に顕現《ごんげ》したのだ！　とても信じられない。ソトは永遠の戦士の化身、超英雄の権化であり、たんなる勇士を凌駕する存在。ソトはいずれ再誕するといわれる。そのソトと、きみたちは会い、話をしたというのか！」

「そのとおり！」ロワが力をこめていう。「われわれを信じてもらおう。どんな証拠があればいい？　エレンディラにきて数週間になるが、いまは事情があって惑星レンパルに足どめされている。困難な状況にある友を助けに駆けつけたいのだが」

かれは《ラヴリー・ボシック》が算出した、救難信号の発信座標を告げた。

「困難な状況にある友を助けに駆けつける！　りっぱな行為だ。上級修了者がしたがうべき〝法典〟の内容に合致する。驚いた顔をしているな。ソトの息吹《いぶき》がきみたちに触れたのは事実なのだな？　はるか遠くの銀河で！　じつは、きみたちへの救難信号が発信されたその場所に、わたしは向から途中なのだ。そこで戦士カルマーの輜重隊にくわわるために！」

ロワはほっと息をついた。エディム・ヴァルソンは友好的な気分になっているようだ。かれがカーペットのはしのすこし上向いた部分に移動すると、光の柵が消えた。

「きみたちはウパニシャドに仕える者ではなく、異人だ。ゆえに、その無知をとがめることはしない。だが、あれはなんだ？　なにがわたしの平穏を妨害している？」

かれはヴィーロ宙航士たちの向こうをさししめした。明るく高い音が急速に近づいてくる。《ラヴリー・ボシック》の男女は小型の単座反重力プレートに気づいた。その上にしゃがんでいるのは見間違えようのない、ジョー・ポリネーゼの姿だ。プレートはさらに接近し、空中に浮かんだカーペットの横に着地した。ジョーが降りてくる。

「完全に狂っているわ」デメテルがささやいた。「なんとかとめられないの？」

すべてはあっという間だった。だれも反応できないうちに、アンドロイドはヴァルソンに近づき、ブーツのままカーペットにあがる。上級修了者は驚愕のあまり身をくねらせ、エネルギー柵の向こうの群衆からは怒りの叫びがあがった。いま障壁が崩壊したら、群衆はアンドロイドを引き裂いてしまうだろう。

「あんたは臆病者だ！」ジョーが叫んだ。「ウパニシャドをろくに学んでいない。できることを見せてみろ。自制心はどこにある？　瞑想の能力は？　いっておくが、わたしに能力が通用しなかったら、視覚も聴覚も失うことになるぞ。あんたが目立ちたがりの詐欺師だということを、レンパルは知るだろう！」

広場が凍りついたようにしずかになった。クカートン人はだれもなにもいわず、ヴィーロ宙航士は息をするのさえためらっている。とてつもなく恐ろしいことが起きたとわかったから。

エディム・ヴァルソンはわれに返り、大声をあげた。事態が理解できないまま、言葉を探してうめいている。

「わたしが臆病者だと？　呪われたゴリムよ、そこまでいうなら覚悟はできているはず。おまえはわたしの名誉を大きく傷つけた。これは戦いによってしか解決できない。わたしは戦いの準備のため、しばらく船にもどる。おまえも自分の不毛な船にもどり、連絡を待て。逃げだしたりすることがないよう、クカートン人が見張っている！」

カーペットが動きだし、まもなく上級修了者の姿は《エッテナ》のなかに見えなくなった。

ジョーは大きくひと跳びで、カーペットの上からロワの目の前に移動した。

「きみを逮捕する」ロワがいった。「きみには裁きを受けてもらう。それだけの問題を起こしたのだ！」

アンドロイドは返事をせず、あらがいがたい力でロワを押しのけると、集まったヴィーロ宙航士のあいだに歩を進めた。人並みがさっと左右に分かれる。

ロワは嘆息した。夢にも思わなかった展開だ。エレンディラ銀河の住民との平和的コンタクトをもとめたのに、いまや、クカートン人との戦争状態におちいっている。ローダンの息子は肩を落として歩きだした。背後には激怒したレンパルの住民が蝟集《いしゅう》している。エネルギー柵がなかったら、自分たちは全員、すぐにもリンチされていただろう。

ジョー・ポリネーゼ　第三の日誌

温暖な水惑星オリノドには植物が繁茂した小大陸がいくつかあるほか、南北の極点に巨大な渦があり、とてつもない吸引力で海洋を攪拌《かくはん》している。そのため、極点から五百キロメートル以内に入りこんだ船は確実に深みに引きずりこまれてしまう。大気中には水蒸気が満ち、わずかに存在する飛翔生命体は、赤道地帯をベルトのようにとりまく濃霧のなかを苦労して進んでいた。温帯地方ではジャングルのあちこちで煙があがり、《ラヴリー・ボシック》はまるで火山の噴煙のなかを飛んでいるようだった。オリノドには山岳地帯と呼べるようなものはなく、入植地もばらばらに点在している。都市を発見できたのは、ヴィールス船のすぐれた観測機器のおかげだった。

船が着陸。ジャングルを突き破るのではなく、木々の薄い部分を慎重に貫いて、苔《こけ》むした柔らかな地面に着地する。たちまち水がにじみでて、《ラヴリー・ボシック》は地上ハッチの下まで水没した。ロワ・ダントンは当面この投錨《とうびょう》地にとどまり、上部ハッチと格納庫ハッチだけを使うことにした。

複座搭載機二十機と四座十機がジャングルの樹冠に向かって上昇した。密集陣形で反重力フィールドを展開し、白色超巨星が地平線のすこし上にかかった、通常〝西〟とされる方角に向かう。眼下のジャングルは騒々しく、外側マイクロフォンがさまざまな未知の物音を伝えてきた。知性体が存在する徴候は見あたらない。

都市は濃密な樹冠の下にかくされていた。幹の直径が二十メートルもある大木が立ちならぶ原生林に太いザイルで結ばれたカーペットやプラットフォームが密集し、その上に家が建てられている。住民の姿はいまのところ見えない。

「まさに原始時代だ！」コーネリウス・〝チップ〟・タンタルがいった。「きみにぴったりだな、ジョー！　ポリネシアもきっとこんなふうだったんだろう！」

「これほどひどくはない。あっちにもジャングルがあって、原住民がいたが、植物はことは違う。こんなに危険じゃない！」

アンドロイドは搭載機のキャノピーごしに外を指さした。幹のあいだに縦横にのびるブルーグリーンの蔓植物が機に打ちかかり、その音が内部にまで響いてくる。蔓には曲がった棘が生えているが、ヴィールス物質でできた搭載機を傷つけることはできない。通常の防護服を着用した人間なら、気がついて個体バリアを展開しないかぎり、重傷を負ってしまうだろう。

　ロワの声が響き、頭上の木々に結ばれた台上に動きがあることに気づく。ジャングルの薄闇のなかでかろうじてそれとわかる人影がひとつ、蔓植物の上から木々を透かして侵入者を見つめていた。見たかぎりではヒューマノイドだ。

「蛮人だな。まったくの蛮人だ。裸の生活以外、なにもない。われわれ、ここでは場違いだ！」と、《ラヴリー・ボシック》のメンター。

　数機の搭載機から賛同する声があがったが、かれはさらにつづけてこういった。

「それでも、われわれ、ここにきたのだから見てまわろう！」

　ジョーに指示して、搭載機を木々に結ばれた一プラットフォーム上に移動させる。チップは操縦席から飛びあがり、真っ先に外に出た。ほかの者たちよりもずっとちいさいので、すぐには目につかない。かれはベルトの反重力装置を作動させ、人工的につくられた床から三メートルほど上にある小屋のあいだに瞬時に上昇した。

　ヴィーロ宙航士たちもそれにつづき、ジャングル都市のあちこちにゆっくりと展開した。あたりを見まわしても、さっきこちらを観察していた者の姿は見あたらず、闇のなかに消えてしまっていた。都市に人影はない。

ヴィーロ宙航士は侵略者ではない。ただ地元住民とコンタクトし、エレンディラ銀河の文化を知りたかっただけだ。物々交換も希望している。調査隊を構成するヴィーロ宙航士の多くは、すでに持参した小物類を開梱《かいこん》し、整理しはじめていた。安物のネックレスから高価な象牙《ぞうげ》の彫刻まで、なんでもそろっている。

かれらは家々に近づいて声をかけた。よく聞こえるように大声を張りあげる。だが反応はなく、垂れ布をかけた戸口から最初になかをのぞいたヴィーロ宙航士から、小屋にはだれもいないと報告があった。住民はジャングルに避難していたのだ。

そのあいだにも、母船にもどった搭載機がさらに多くのヴィーロ宙航士を運んできた。かれらは都市のべつの部分に展開する。ロワはひとつの台に大勢が乗らないようにしろと指示した。基層が負荷に耐えられるかどうかわからないから。

ジャングルから単調でくぐもったドラムの音が響いてきた。ルビン人四名がヴィールス搭載機からよたよたと降りてくる。マウリアは腰に手を当て、挑発的にあたりを見わたした。森林学者にして景観建築家の彼女は、不毛になった惑星ルビンの森林再生に大きな貢献をしてきている。

「ひどいものね。がらくたをとりこわして、再建築しないと！」

ドラムの音が近づいてくる。ヴィーロ宙航士たちは台のはしまでゆっくりと後退した。

ドラムの音になにか未知の楽器を掻き鳴らす音がまじり、ルビン人がいるプラットフォームに近づいてくる。人間の鈍感な目では、ヒューマノイドが宙に浮かんでいるようにしか見えなかった。投光器の光がとどくところまできてようやく、太いザイルが見えるようになった。ジャングルの大木のあいだに張りめぐらされたザイルの上で、住民たちがバランスをとっているのだ。

遠目にはピグミーを思わせる。だが、実際にはもっと大きく、テラナーの肩よりも高いくらいだ。ヴィーロ宙航士たちが最初に気づいた驚くべき特徴は、この種族の成人が全員、均一な大きさであることだった。かれらはザイルの上からしなやかに地面に跳びおり、おずおずと近づいてきた。ヴィーロ宙航士たちを無視して横を通り過ぎ、ルビン人たちが立っている場所から五メートルほどはなれて、地上に平伏する。

メロディに乗せて歌がはじまった。歌声が大きくなったりちいさくなったりする。突然、ひとりが跳びあがり、無毛の頭にかぶっていたかつらをむしりとると、ぽかんとなりゆきを見守っていたマウリアの前にそれを置いた。ほかの原住民もそうするしかないと感じたらしく、さまざまな捧げ物を地面にならべていった。そのあと最初の禿頭《とくとう》の原住民が話しはじめた。もごもごしたしゃべり方で、トランスレーターがそれを解読し、意味の通る言葉に通訳するにはすこし時間がかかった。

「……腹と袋の熱愛される神々！」ヴィーロ宙航士たちもようやく理解し、その顔ににやにやと笑みが浮かんだ。マウリアたちは照れくさそうにしている。

「おどおどするな」と、ロワ。「きみたちは神なんだ。慈悲深くあれ。あわれな原住民の願いを叶《かな》えてやれ！」

ルビン人は有袋類ではないが、テラのカンガルーに似た姿で、大きな袋のついた赤錆《さび》色の防護服を着用している。原住民にはそれで充分に神々しい姿なのだろう。

「歓迎に感謝する」ようやくアラブリスタがいった。この饒舌《じょうぜつ》なルビン人が最初におちつきをとりもどしたようだ。「われわれも贈り物を持ってきた。だが、たんに手わたすのではなく、思い出をともにしたい」

原住民は困惑したようすを見せた。かれらの知性はまだ、アラブリスタの言葉の意味を完全に把握できるほど発達していないらしい。ただ、それが神々の言葉だと信じているので、素直に受け入れている。

ヒューマノイドはいくつかのプラットフォームに散らばっていたが、人類が信用できる相手とわかったので、数分後には活発なやりとりがはじまって、物々交換が実現した。チップのことは、残念ながらだれも気にしていない。原始的な種族なので、想像できないものは認識できないのだろう。チップはそんな一例だが、ルビン人や人類、あるいは《ラヴリー・ボシック》はそうではなかった。考えてみれば、そう不思議なことでもない。クカートン帝国において、支配種族やその使者が訪れたことのない惑星というのは、たぶん存在しないだろうから。

「もうなにか手に入れたか、ジョー?」チップが通信機ごしにたずねる。返事がなかったので、かれは最後にアンドロイドを見かけた場所に急いだ。

ジョーの姿はない。チップは全身を耳にして、その台の奥のジャングルからかすかに聞こえる、かさかさいう音を聞きとった。反重力装置を再調整し、速度をあげて闇のなかに飛びこむ。投光器の黄色い光のなか、二メートルほど前方に動くものが見えた。

ジョー・ポリネーゼだった。だれかに鋼ザイルで縛りあげられ、猿ぐつわを噛まされ、さらに布でも縛られている。鋼ザイルが相手では、かれの怪力も歯が立たない。ザイルはかれをジャングルのなかへと引きずっていた。シガ星人はジョーの左耳に近づいた。

「待ってろ！　犯人の目的地を見つけてくる！」

「むぐぐ！」ジョーはなにかいおうとしたが、チップはもうその場をはなれていた。

ザイルをたどって十メートルほど進むと、宙に浮かんだ球体があった。なかに異人がすわっている。奥に開いたハッチがあり、ザイルのはしはそのなかに固定されていた。チップはハッチをすりぬけ、操縦装置の近くにおりたった。拡声器のスイッチを入れる。

「命が惜しかったら、友を解放するんだ！」声がキャビン全体に響きわたる。八肢の生命体はたじろいだ。声の主を探してきょろきょろし、ようやくチップを発見。

「ここでなにをしてるんだ、クカートン人?」と、チップ。「これが帝国流の客のもてなし方なのか？」

「申しわけない」クカートン人がいった。「あなたの友はすぐに解放する。友情の掟に反するつもりはなかった。たんなる好奇心だったんだ。政府当局との契約もあったものだから」

「どんな契約だ？」

「至福のリングにかけて、わたしは定期的に惑星オリノドを訪れ、原住民を観察している。百恒星帝国が数に入れるのは文明化した惑星だけで、宇宙航行を知らない未開種族は帝国の一員とはみなされない。だが、カルマーはいずれすべての世界がかれの保護のマントのもとに統一されることを望んでいる。わたしの任務はマンザテグ人の発展を加速させる方法を見つけることだ」

浮遊していた球体が停止し、クカートン人はザイルを回収してジョー・ポリネーゼを解放した。

「それでいい」チップはアンドロイドに向かい、「妙なことをしてると、かんたんに全体像を見失うぞ。泥沼に沈んで死ぬのを助けてやったんだ、ひざまずいて感謝しろよ。クカートン人はきみを解剖してたかもしれない！」

「あなたたちのためにできることがあれば、なんでもするから」政府要員は嘆願した。

「わたしを裏切らないでくれ。カルマーの輜重隊のだれかに不手際を知られたら、わたしはおしまいだ」

「心配するな。なにもいわない！」チップは大声で答えた。「いい一日を！」

シガ星人はそれだけいうとジャングルのなかに姿を消し、アンドロイドは無言のまま、かれのあとを追ってプラットフォームに向かった。

「助かった」ジョーはそういったが、チップは片手を振っただけだった。あちこちの台上のにぎわいを指さす。

「マンザテグ人は狂喜してる。釘づけされてないものなら、なんでも持っていきそうだな！」

ロワはかれらのそばにつきそい、原住民の熱心さの謎を解いたと信じる、数名の心理学者と話をした。マンザテグ人は贈り物を交換すると、四名のルビン人という〝神〟が触ったというだけで、宝物のようにたいせつにしている。

そこにロワが介入した。アームバンド・テレカムでヴィーロ宙航士たちと連絡をとり、問題点をはっきりさせたのだ。そのことはだれも考えていなかった。多くの場合、状況を最初の交換前にもどし、交換品を家に持ち帰らせないようにすることができた。ヴィーロ宙航士たちは異星の貴重な宝物を交換していて、同じようにしたとしても、まだいくつかのジャングル都市を訪れることはできるだろう。ルビン人はとりわけこの〝慈悲深い神〟の役割が気にいっていて、マウリアなど、アラブリスタが無作法だといってとめなければ、着用しているコンビネーションまであたえてしまいそうだった。惑星ルビンでもっとも有名な歌姫がナムパの目の前を裸で歩きまわり、好色なテラナーの視線にさらされるなんて。とんでもない！

こうしてヴィーロ宙航士たちは搭載機で船にもどった。チップが名前を知ったばかりの原住民たちは悲しげにそれを見送り、憧れの視線を投げかけつづけたが、どうにもならなかった。《ラヴリー・ボシック》の男女は永遠の戦士カルマーが庇護するクカートン帝国の生活を知ろうとしたが、惑星オリノドはその目的に、あまりにもふさわしくなかったということ。

とはいえ、ジャングル都市を訪れたことである程度の情報は得られた。チップが種族の中枢にいる者から聞きだしたのだ。マンザテグ人の発展は加速する可能性がある。自由航行者とルビン人がかれらの惑星に関わった以上、ほかにどうなるというのか？

至福のリングと禁断の惑星には驚かされたものの、その後は突然、戦士カルマーの星系がヴィーロ宙航士に友好的になったように見えた。どうやらエレンディラ銀河では、十段階ある知識の階梯《かいてい》をのぼったら選ばれた者になれると理解するしかないような考え方が、すべてにおいてあるらしい。

ストーカーがいったとおりに。

「ところで、高度な文明を持った惑星に着陸したとき、われわれがなにをするかわかりますか?」チップがたずねた。船はグラヴォ・エンジンで上昇し、プシオン・ラインに沿って航行するためのメンターはまだ必要ない。

「なにをするの?」と、デメテル。

「コンテストを開催するんです。念のためいっておくと、大がかりな〝最大交換コンテスト〟ですよ」

彼女にはよくわからないようだったが、チップはほうっておいた。実際にやってみればわかることだから。

4

ルツィアン・ビドポットは愛する女シガ星人をそっとなでた。スーザ・アイルはほほえみながらちいさく息をつき、愛撫を返した。休憩時間はそろそろ終わりだ。ようすを見にいくにはちょうどいい。この時点でミスをする余裕はなかった。

最後に情熱的なキスをして、スーザは寝台からちいさな洗面所に滑りこんだ。水が噴きだし、しばらくするとコンピュータ専門家はさっぱりしてもどってきた。ルツィアンは彼女のからだを乾かし、身支度を手伝って、そのあと自分も身なりをととのえた。

「わたし、ジョーのことがけっこう気にいっていたの」スーザがいった。ふたりいっしょに第三階層から、制御センターのある第二階層に移動するところだ。「心のなかでだんだん大きくなっていたわ。そのうちいなくなってしまうかもしれないと思うと、すこし心配だったくらい」

「起こったことはしかたがない。ジョーのことより、いまは任務のほうが重要だ。それに、かれがアンドロイドだってことを忘れるべきじゃない。人工の生命体だ！」

「でも、自意識があるのよ!」

「わかってるさ」ルツィアンはうなずいた。深層心理学者として、問題点を把握するのに充分な専門知識は持っている。自意識という面では、通常の人間とアンドロイドのあいだに大きな違いはない。たぶん違うのは生殖能力だけだろう。

第二階層にあがり、シートを探す。窮屈な場所で、ふたりともたまに閉所恐怖症になることさえあった。そんなときはシミュレーション訓練を思いだす。この任務にそなえて訓練を受けてきたのだ。

ルツィアンがスクリーンを作動させる。〝工場〟の、いまは使用されていない倉庫が表示された。そこにジョー・ポリネーゼが身をひそめている。変装しているが、それはもう見破られていた。

「船内通信のスイッチを入れるわ」スーザがいい、制御装置の上に身をかがめた。数分後、《ラヴリー・ボシック》のおちついた深い声が聞こえた。船はロワ・ダントンと話をしていて、かれは現状をこころよく思っていなかった。船は密閉されていてだれも出ていくことはできず、クカートン人も入ってこようとしない。ジョーの居場所は船じゅうに知られているが、気にする者はいなかった。いまとなっては手遅れだから。エディム・ヴァルソンをなだめるため、アンドロイドには好きなようにやらせるしかない。ふたりの決闘は避けられず、船内の男女にとって、それはそう悪い話でもなかった。狂ったアンドロイドを厄介ばらいできるから。

「ジョーの血圧は？」スーザがたずねた。ルツィアンは数値を読みあげ、休憩前にはかった数値と比較した。

「異常なし。代謝も合ってる。もうすぐトイレに行くはずだ。腎臓の数値も正常、アドレナリンのレベルも問題ない。食欲はどうする？」

「ほうっておくわ！　機嫌がよくないわね。どうにかして！」

ルツィアンがいくつかセンサーを操作すると、該当するシナプスが活性化して、ジョーの気分はよくなった。倉庫内を行ったりきたりしはじめる。かれの気分はすべてシガ星人ふたりがコントロールできた。怒らせることも、落ちこませることもできる。それで星々への憧れを覚醒させ、ヴィールス船に乗りこむ機会を得させたのだ。

すべてはかれらが働く宇宙ハンザのために。

「よし、これでジョーの決闘の準備ができたわ」スーザはルツィアンに笑顔を向け、ふたりは唇を重ねた。

「よき協働関係に、愛しい人。でも、そろそろ囚人の面倒を見ないと！」

べつの通信機のスイッチを入れると、空洞の内部の赤外線映像がうつしだされた。熱を放射する肉体がひとつ、不規則な動きをしている。

「ハロー、巨大ソーセージ！」ルツィアンが笑いながらいう。「気分はどうだ？　わたしの声を聞けば、だれなのかわかるはず！」

「ふん！」スピーカーから声が聞こえた。「そろそろだと思った。ここで腐りはてるのかと心配したよ。新鮮な空気が送りこまれてることは、わりとすぐにわかった。もちろん、きみの声は聞いただけでわかる。ひとりなのか？」

「いいえ、チップ」スーザが答えた。「ふたりよ。ジョーを制御するのに、することがたくさんあるから。あなたをそこで腐りはてさせるつもりはないの。口を開けて。チューブを近づけるから。栄養をつけなさい！」

赤外線映像にチューブがうつった。蛇のようにすばやくコーネリウス・〝チップ〟・タンタルに肉薄していく。シガ星人は片腕を動かそうとしたが動かせず、頭でチューブを受けとめる。ルツィアンは懸命に遠隔操作にとりくんだ。ようやくチップの口がチューブをとらえた。

「合成粥《がゆ》だ」と、声をかける。「ちゃんとのみこめ！」

チップはろくに粥を食べなかった。急に口を閉じ、チューブを遠くまで吐きとばす。

「うげえ。吐き気がする！」

「消化がいいんだ！」

「ご親切に感謝するよ、ちいさいきょうだい。きっとアルグストラじゃなくて、シガの出身なんだろうな！」

「もちろんだとも。シガの小人がなんて呼ばれてるか知らないのか？　〝極秘任務におけるいちばんの仲間〟だよ。でも、スーザとわたしは諜報員じゃない。ハンザ・スペシャリストだ。その点ははっきりさせておく」

チップはなにかぶつぶつとつぶやき、おちつかないようすになった。

「からだが動かない。腹が圧迫される。もうすこし動けるようにできないか？　あるいは、せめて明かりは？」

「明かりはだめ、チップ。で、動きたいですって？」スーザが明るく笑った。「あなたの居場所をつくるためだけに、第一階層と第二階層、それぞれの一部をからっぽにする必要があったのよ。いわば、あなたの足がわたしたちの頭の上にぶらさがってる感じね」

「これ以上ひろげるのは無理だ。申しわけない、チップ」ルツィアンがほんとうにすまないと思っているのが、その口調からわかった。「できればこんなことは避けたかったんだが、きみがジョーにちょっかいを出したのを知ってしまったから」

「なぜ、こんなことになったんだろう。ジョーの言動はずっと聞いていたんだが」

「なぜこうなったかは自分で考えるんだな。きみならできる。すぐにまた連絡する！」

ルツィアンは通信を切り、船内の状況に注意をもどした。

もちろん、チップはすべてを把握できていた。ルツィアンとスーザは宇宙ハンザの利益のために活動している。最高の介入タイミングを待っていたのだ。ジョーが話していた、交易とか大局的な関係の意味といったことは、すべてこのふたりの考えだった。介入することで、ハンザの望みが絶えてしまうのを防ごうとしたのだ。かれらはまず《ラヴリー・ボシック》の制御を奪おうとしたが、これには失敗した。グラヴォ・エンジンをブロックしたことで、自分たちの動きもブロックすることになったから。ジョーにできたのは、上級修了者が到着するまでスタートを阻止したことだけだ。両シガ星人が進むべき道はすでに、ヴィーロ宙航士ではなく、エディム・ヴァルソンに通じている。高度生物との必要なつながりを持つウパニシャドの修了者とコンタクトする以上の手が、どこにあるというのか。

両シガ星人はジョーを逃走させ、ヴァルソンを計画に引きこむ方法を模索した。だが、いい手が見つからなかったので、唯一可能な手段を選択した。とりあえず勇士を惑星レンパルの地表に引きとめることにしたのだ。ふたりはわざとヴァルソンを侮辱し、その責任はすべてジョーがかぶることになった。決闘の結果はわかりきっている。ジョーはアンドロイドで、ヴァルソンはそのことを知らない。上級修了者は戦いに敗《やぶ》れ、かれらの要求にしたがい、ハンザの利益のために行動することになる。

「クカートン人がヴィールス船から退去していく！」ルツィアンが叫んだ。「どう思う？　ヴァルソンの反応が予想以上にすばやい！」

「やるしかないわ！」スーザはうれしそうだった。「ジョーを動かしましょう。やる気にさせるわ！」

　ふたりはアンドロイドが倉庫を出て、近くのハッチに向からのを見守った。ジョーが船から外に出るあいだにルツィアンはもう一度囚人に話しかけ、これから起きそうなことを説明した。

「きみたち、完全に頭がおかしい」チップがいった。「出してくれとたのみこまなくちゃだめなのか？　やりすぎなんだよ」

「わかっているが、いまさら引き返すわけにはいかない。やりとおすしかないんだ。自分たちの命があぶないこともわかっている！」

「なるほど。きみたちはこの下にいるんだったな。なんとも安心だよ。防御はしてるのか？」

「それなりに。たいした防御ではないが、われわれがここにいることはだれも知らない」

　かれはチップにアンドロイドの構造を教えた。実際にはサイボーグなのだが、ジョー本人はそのことを知らない。ジョーの腹腔内には長さ半メートル、太さ二十センチメートルの、ヴァリオ＝５００に似た金属製の楕円体が入っている。内部は三階層に分かれていて、そこに両シガ星人が駐在していた。ふたりはそこからサイボーグの自律神経系と新陳代謝のほか、全体的な代謝を操作する。それにより脳と意志に影響をあたえ、特定の時点におけるジョーの行動すべてを制御できるようになっていた。

第一階層には準有機導体、分配器、変換器、それに有機的な肉体とシナプスとマイクロポジトロニクスとの接続機構が、第二階層には制御センターが設置されている。第三階層はちいさな居住区で、愛し合うふたりのための天蓋つき寝台がそなえられていた。そのすべてがアンドロイドを操作するため腹のなかにつくられた、卵形のサイボーグ・コンポーネントにおさまっている。必要なエネルギーはジョーの肉体から供給された。ジョーが摂取した食糧の一部を卵がとりこみ、乗員のための高栄養食品に加工している。

「吐き気がする！」チップがいうと、ルツィアンは笑った。

「いってみれば、事前に消化されてるわけだ。でも、どうやってわれわれの計画を見ぬいたんだ、チップ？」

「そうだな、最初はジョーがしゃべるとき、急に一文が長くなったのが気になった。妙だと思って観察していると、細かい変化がいろいろあった。態度も以前とは違っていたし。きみたちにひとつ忠告したい。ばかなまねはすぐにやめろ。厄介ごとなら、もう充分に引き起こしたはずだ。《ラサト》からの救難信号にさえ応じられてないんだから」

「ロナルド・テケナーはそこらの青二才とは違うぞ、チップ。危機にさいして立ち往生したりはしない。それに、われわれ、もうあともどりはできない。きみもわかっているはず。唯一のチャンスは、エディム・ヴァルソンに教訓をあたえ、われわれの手下か助力者にすることだ。だが、もしこちらが負けたら、ジョーを生《い》け贄《にえ》にする」

「残忍で、非人道的だ」

「上からの命令でね。われわれも心苦しい。ジョーのことは好きなんだ！」

「なんておろかなんだ」チップは叫んだ。「いずれ裁きを受けることになるぞ！」

そのあとしばらく、かれは黙りこんだ。

＊

上級修了者からの通信で、かれのいう〝法典〟の内容がはじめて明らかになった。《ラヴリー・ボシック》に決闘の条件を送信してきたのだ。法典によれば、ウパニシャド修了者はその名誉にかけて、敵を自力で、外部の助力にたよらずに打ち倒さなくてはならず、武器も使えない。一方、相手には自由に武器の使用を認め、従者が助力することも受け入れなくてはならないという。決闘の会場に選ばれたのは採鉱都市の西の荒野の、三方を岩の台地にかこまれた場所だった。台地にのぼることと、都市に入ることは禁止となる。

ロワ・ダントンとデメテルは司令スタンドのホロ・スクリーンで、出発直後のアンドロイドを観察する。武器はいくつか携行しているが、ひとりきりだ。かれに同行して無意味な戦いにおもむくヴィーロ宙航士はいなかった。ジョーは宇宙港のはずれに向かって歩きだす。かれが出ていったことを全員がよろこんでいた。ただひとりをのぞいて。

「マイク！」

デメテルが夫をそう呼ぶことはめったにない。ロワは異変を感じ、彼女の前に立ってその目をのぞきこんだ。目は興奮にきらめいている。なにかを欲しているのだ。デメテルには考えがあるらしい。なにを考えているのかは、ぼんやりとだが見当はつく。

「きみが？　どうしてそんなことを？」

「わからない。でも、ジョーをひとりで行かせるべきじゃないわ。かれはアンドロイドで、異質だけど、クカートン人はそのことを知らない。かれがしたことも、これからすることも、すべてわたしたちに跳ね返ってくるわ。ジョーは全人類と全ヴィーロ宙航士にかわって戦うのよ。たとえ狂っているんだとしても！」

「われわれ、まだ勇士が戦うところを見たことがない。知っているのは、ストーカーが自分を見失ったときに起きたことだけだ。きみのことが心配なんだ、デメテル！」

「だいじょうぶ。わたしにはエディム・ヴァルソンから身を守る方法があるから」

彼女はひとさし指をロワの唇に押しあて、急ぎ足で出口に向かった。ヴィールス船から外に出た彼女は、ちいさなつつみを小わきにかかえていた。

ロワはそれを見てすべてを理解した。

妻はあれを棚から持ちだしたのだ。かれがけっして使わない、手も触れないとかたく決意していたものを。触れたくはなかった。あれを手わたされたときのことを考えると、胃がよじれそうになる。ストーカーはあまりに愛想がよく、不信を感じずにはいられなかった。

デメテルはパーミットを持っている。それが彼女の助けになることを祈るばかりだ。「エスタルトゥのどこに到着しようと、このパーミットをしめせば、その世界と住民の心はきみたちに開かれるだろう」ソト＝タル・ケルはそういった。

ロワはわずかに躊躇したのち、司令スタンドをあとにした。かれはパーミットを信用していない。なによりも、妻の身になにかあっては困る。

彼女の言葉は安心できるものではなかった。ジョーを全ヴィーロ宙航士の代理人のように思っている。

マイクル・レジナルド・ローダンは人間としての自尊心に訴えかけられているような気がした。自分の出自と、父から受け継いだ責任感を否定することはできない。この数分間のかれを見た者がいれば、その断固としたブルーグレイの目と、戦闘用ヘルメットと、ベルトを締める力強い手と腕と、決意に満ちた表情と、引き結ばれた唇から、ペリー・ローダンその人がここにいると感じたことだろう。

ジョー・ポリネーゼ　第四の日誌

いいところだということはひと目でわかった。ヘンデン星系第七惑星の大陸からはなれた島は、地球の南極大陸ほどの大きさだった。北半球の大半を占める大陸と赤道の中間にある。この島は惑星にただひとつある〝歳の市〟だ。恒久的な建物はなく、テントや屋台や小屋があるだけで、そこに数十万単位の参加者が集まっている。ヴィーロ宙航士たちは、ここでこの星系における大規模交易が開催されていることを即座に理解した。

「惑星ゲイトジッチにようこそ、異人のみなさん！」搭載艇が上空八十キロメートルで相対的に静止すると、相手から挨拶があった。「ずいぶん遠くからいらしたようですな！」

ヴィーロ宙航士たちは大きな入口ゲートのそばに立つ管理者を見つめた。イカに似ているがしゃべるし、ソタルク語もマスターしているようなので、コミュニケーションに不自由はないだろう。

「交易はいいものです」管理者が話しつづける。「わがコンピュータによると、あなたがたは帝国のどの種族にも属していないとか。エレンディラのどんなかたすみに巣があるので？」

「ばか話はいい！」コーネリウス・〝チップ〟・タンタルが不機嫌そうにいう。「積み荷に押しつぶされそうになってるのが見えないのか？」

「これは失礼。わたしは千二百公転周期からこの仕事の練習をはじめたばかりの、いわば新人でして。異人であるあなたがたは、当然、この島のゲストであり、手数料は必要ありません！」

ゲートが開くと一万名のヴィーロ宙航士が商品をかかえて、テントや屋台や小屋のあいだをうねうねとのびる、島の無数の通路や路地のあいだに散っていった。色彩豊かなにぎわいがかれらを出迎えた。さまざまな種族がいる。クカートン人の姿もあるが、かれらは交易には参加せず、警察の役目をはたしていた。違法な取引に目を光らせているようだ。

ヴィーロ宙航士たちは島の法律も知らず、現地通貨も持っていなかったが、問題はなかった。物々交換しながら、ロワとデメテルもふくめ、一万人が他種族の喧噪《けんそう》のなかにまぎれていく。ぶれないのは四名のルビン人だけだ。ナムパはソラニに向かって七千五百三十二回めのアタックを試み、彼女のまわりでグロテスクな求愛のダンスを踊った。ヴィーロ宙航士たちは船内で何度もそれを見てきていて、ダンスにくわわったりもしたが、ソラニがそのあとにつづくはずの愛の言葉に興味津々《きょうみしんしん》でいると、とたんに逃げ腰になったもの。

今回、交易中毒のルビン人たちは、この環境におおいに刺激を受けた。マウリアはとある広場のまんなかに陣どり、モーツァルトの『魔笛』のなかの、パパゲーノのアリアを歌った。歌声は朗々と響きわたり、周囲の屋台が数秒で無人になる。彼女はこうして競争相手を追いはらうと、膨らんだ腹の袋を開け、物々交換のために持ってきた商品をとりだした。ほかのルビン人三名もこれにならい、好奇心旺盛な客が近づいてくると、商品の宣伝をはじめた。アラブリスタは説明役を買って出て、客を逃がさないようにした。

かれらの物々交換は大盛況だった。ルビン人がその有名な狡猾《こうかつ》さを発揮したのは、これがはじめてではない。ヴィーロ宙航士たちは驚きもしなかった。なんといってもこの種族はずっと悪名高い詐欺師の薫陶を受けてきて、最初は自由航行者を神と仰ぎ、役にたつと判断したものをかたっぱしから、大急ぎでとりいれてきたのだから。

恒星ヘンデンが中天にかかるころ、ルビン人四名は疲れはてながらも満足して一軒のスナック・バアにすわっていた。提供される料理はルビン人には食べられないものばかりだ。かれらは息を切らして汗をかき、ナムパはすこしだけソラニに近づいていた。

次の瞬間、アラブリスタとナムパが殴り合いをはじめた。ナムパの袋が吹っ飛び、ルビン人が交易で手に入れた貴重な品々が砂の上に散乱して、ようやく収束する。ナムパはテラの思い出として手に入れた、象牙を彫った象の彫像と、惑星ゲイトジッチの強化マイクロデプトを交換していた。ルビン人の大きな手ではあつかえないが、それでも貴重なものに見えたのだ。砂の上に落ちた拍子にその装置のかくされたしかけが作動し、内部の小型スピーカーから声が聞こえた。

「わたしの持ち主はあわれな浮浪者です。わたしの持ち主はあわれな浮浪者です。あわれな浮浪者がわたしの持ち主です。浮浪者でないときは裕福です。心の貧しい者はさいわいです。それがわたしの持ち主だから！」

「すばらしい！」ソラニが明らかに皮肉な口調をかくしながらいった。「すばらしいわ！」

「そうだろう？」ナムパの表情が明るくなる。かれは袋を整理して商品を入れなおし、意気揚々と歩きだした。「最大交換コンテストの優勝はわたしのものだ！」

かれらはにやにやしながらあとを追い、午後早くにジョー・ポリネーゼを見つけた。アンドロイドはテラの名所をおさめたちいさなホロ・キューブを交換しようとしていた。同じものが千個くらいありそうだ。ヴィールス船がテラをスタートしてすぐにつくられたものだろう。あのころ自由商人たちはまだ成型可能だったヴィールス物質でさまざまなものをつくりだし、船もその望みによろこんで応えていた。

「ハロー、友たち」ジョーがルビン人たちを見ていった。「きみたちもなにかほしいのか？　まだたくさんある。テラのワンダーワールド。あのキャビン、あの家、あの公園。一日二度の水やり。半年もすれば大きくなる。この島と同じくらいに。それはちょっと大げさかな。でも、公共の公園としては充分なくらいだ。想像してみてくれ。キューブのなかに公園があるのを！」

ルビン人たちは反応しない。アラブリスタは好戦的にこぶしをこすり、ソラニはわざとらしくのぞきこんだ。

「すばらしいと思わない？　この人の成功は約束されてる！」

ジョーが島の上空二キロメートルに浮かぶヴィールス船に交換した品物を運びこむのに、四座搭載機十機が必要だった。

惑星ゲイトジッチの思い出は最高のものになった。

5

デメテルはアンドロイドのあとを追って都市から荒野に出ていった。相手のリードが大きすぎて、姿は見えない。ただ、地面にのこされたシュプールを追うことはできた。アンドロイドの体重は通常の人間の三倍、反応速度はゆうに四倍に達する。ジョー・ポリネーゼは重すぎる体重を相殺《そうさい》するためのマイクロ反重力装置を装備していなかった。その種の装置が体内に組みこまれていたとしても、それを作動させてはいない。そんなことを考える以外に、なにかすべきことがあったのだろう。

ジョーの行為は正気の沙汰ではなかった。たとえエディム・ヴァルソンに勝ったとしても、被害を受けるのはヴィーロ宙航士だ。ヴァルソンがクカートン人に命令するだけで、《ラヴリー・ボシック》は乗員もろともずたずたにされてしまうだろう。

デメテルはパーミットのつつみを握りしめた。危険な代物であることはわかっている。実際には、彼女もロワ・ダントンと同じ意見だった。こんなものを使うべきではない。だが、今回ばかりは、場合によってはヴィーロ宙航士一万名の命があぶない。ペリー・

ローダンの息子も、この例外的な行動に意味があることを認識すべきだ。

デメテルはパーミットが勇士にどんな影響をあたえるか、まったくわかっていなかった。ただ期待するだけだ。彼女の心の奥底にはひとつの声があり、それが彼女に勇気と自信をあたえていた。

〝パーミットはエレンディラのすべての門を開く通行許可証である〟

だとしたら、それは英雄学校やその修了者にも当てはまるはず。

デメテルは都市の西の荒野に足を踏み入れた。いわゆるジャングルとは様相が異なる。地面から生えた奇妙なかたちのものやその上に載っているものは黄色や赤錆色で、棘や鋭い角をそなえ、金属じみたにおいをさせていた。藪を思わせる植物に近づく。三メートルほどの高さのらせん形で上部に排出口があり、そこからグレイの、ミルクのような物質が流れでていた。それがゆっくりと周囲にひろがり、植物のまわりにリング状の染みをつくっている。

デメテルは手をのばし、金線細工のような小枝に触れてみた。衝撃を受け、手を引っこめる。電撃を飛ばしてきたのだ。以後、彼女は植物に触れないように気をつけた。

そのあたりを〝錆荒野〟と命名し、ジョー・ポリネーゼの踏み跡をたどりつづける。いっしんに耳を澄ましてみたが、アンドロイドがたてる物音は聞こえなかった。シュプールを追って十五分が過ぎ、さらに歩きつづける。名前を呼んでみようかと思ったが、

やめておいた。上級修了者エディム・ヴァルソンの居場所はわからない。もしかすると
いつのまにか追いぬかれ、どこかで待ち伏せされているかもしれない。

ウパニシャド修了者は彼女にとっても危険かもしれなかった。

推定では、ほぼ荒野の中央に達しているはず。そのとき槍が飛んできて、足もとに突き刺さった。デメテルは横に跳躍し、岩と鉱石が半々の露頭の陰に身をかくした。慎重に前方のようすをうかがう。槍だと思ったのは、先端が三角形に尖った、ナイフのように鋭い一本の枝だった。それが地面に突き刺さり、尻が投擲者《とうてき》の方角をさししめしている。

放物線を想定し、枝の発射地点までの距離を推測する。クカートン人の投擲力については情報がなかった。身をかがめて前進し、岩の露頭の前に立つ。

岩の台地のひとつだ！　思ったより遠くまできている。そんな思いが頭をよぎった。

手探りしながら岩壁に沿って進む。でも、そんなはずはない。三方から荒野をかこむ岩の台地はもっと遠かったはず。

ぶーんというかすかな音が聞こえた。岩壁がすこし後退し、荒野に向かったジョーのシュプールが見える。それは岩壁に口を開いた暗い開口部で終わっていた。磁気軌道が敷いてあるのがわかる。開口部の手前で右に曲がり、数メートル先で地下トンネルへとつづいている。サメの口のような積載装置のある六角形の車輛が横坑から出てきて、岩

壁のトンネルに消えていった。

デメテルはレンパルに着陸したとき宇宙港で受けとった惑星データの記憶を総ざらえした。それによると、ここは都市のすぐ近くにある半自動採鉱場らしい。

ヴァルソンはこのことを知っていたにちがいない。かれには地の利があったのだ。手助けがなくても、ジョーをトリックで出しぬくのはむずかしくないだろう。断崖におびきだすだけでいい。彼女はジョーが気の毒になった。たとえ狂ってしまっていても、かれを仮借ない運命の手にゆだねたり、行方不明のコーネリウス・〝チップ〟・タンタルがやろうとしたように、爆破したりする理由にはならない。彼女は《ラヴリー・ボシック》のメンターのことを思った。結局、かれは自分自身の計画の犠牲になったのだろうか？　船はどこにも爆発を感知していない。チップは生きている、という船の言葉は、デメテルをすこしほっとさせていた。では、巨大シガ星人はどこにいるのか？　ジョーはかれをどこにかくした？

慎重に岩壁の開口部に足を踏み入れ、内部をのぞきこむ。弱い光が彼女を照らしだした。軌道のまわりに一様に積もった赤い土埃《ぼこり》がすこし乱れている。だれかがそこを歩いたということ。アンドロイドなのか、クカートン人なのかはわからないが。

デメテルは地表からなだらかに下降する横坑に入った。はるか前方で音がして、彼女は身をかがめた。なにかが飛んでくるのが見えたから。大きめの石のかけらが間一髪で彼女の顔をかすめ、背後二メートルほどの地面にぶつかる。同時に二十メートルたらず先で光の円錐を横切る人影が見えた。それはすぐにまた闇のなかに消えてしまった。

「ジョー！」警戒も忘れて叫ぶ。石を投げたのはかれにちがいない。「ジョー！」

自分の名前はいわなかった。声を聞けばわかるはず。相手が反応した。

「引き返してください、デメテル！　つきそいは不要です。ひとりで充分ですから！」

「充分じゃないわ、ジョー！　そういっても耳を貸さないでしょうけど！」

どすどすと音がした。アンドロイドの重い足音が急速に遠ざかり、やがて聞こえなくなった。

デメテルも動きだした。ジョーは支援を拒否している。なぜかその行動はエディム・ヴァルソンを彷彿《ほうふつ》とさせた。

彼女はちいさくほほえんだ。アンドロイドの戦術は理解できる。上級修了者のやり方を模倣し、相手が対処に悩んでいるあいだ、自分が行動するための時間を稼ぐつもりなのだろう。

べつの横坑に入ってすこし進むと、ふたたびジョーのシュプールが見つかった。

「ジョー！」全身の力をこめて叫ぶ。「シュプールを消しなさい！」

返事は出口のほうから聞こえる物音だった。上からささやくような声がした。

「感謝します、デメテル。われわれ、それは見落としていました。でも、すぐに引き返してください！　エディム・ヴァルソンが到着しました！」

とうとう完全におかしくなったようだとデメテルは思った。自分のことを〝われわれ〟といっている。

＊

デメテルが出ていった半時間後、上級修了者は小型宇宙船をあとにしていた。まだ黄色いコンビネーションと白い飾り帯という服装のままだ。動きはぎごちないが決然としており、ちいさくひとり言をつぶやいている。ヴィールス船の指向性マイクロフォンがひと言も漏らさずその言葉をとらえていることは承知のうえだ。徒歩で宇宙港を横切り、先にジョーとデメテルが進んだのと同じ方角に進んでいく。

「こちらのことは気にしていないようです、ロワ」ヴィールス船がいった。「奇妙な行動です。攻撃的な態度に見えます。宇宙港のはずれの地面に穴を穿《うが》ったのを見ましたか？　なんの武器も使わずに」

「胸くそ悪い」と、ロワ。「打開策を探るぞ！」

かれは横にいるルビン人にうなずいてみせた。アラブリスタがこぶしで胸をたたいて音をたてる。

「どうしてジョーなんです？」ルビン人が不満げにいう。「こういう任務なら、わたしの出番では？」

「ジョーが適任なんだ」ロワが答えた。「ストーカーが見せた身体操作能力のかけらでも上級修了者にあれば、即座にトランスフォーム砲で攻撃でもしないかぎり、どんなヴィーロ宙航士もたちまち行動不能にされてしまう。この戦いはジョーが挑発したものだ。どっちが勝つか、すぐに明らかになるだろう」

「ジョーが負けては困ります」と、ヴィールス船。「コーネリウス・タンタルの居場所はかれしか知りません。ロワ、メンターの喪失がわたしにとってなにを意味するか、いわなくてもわかるでしょう？　プシオン航行中、われわれはいわば、精神的なきょうだいのようなもの。感覚の一部を共有しているのです。ジョーはチップを船外に連れだしたにちがいありません。存在が感じられませんから！」

《ラヴリー・ボシック》からは複座搭載機がスタートしていた。高度百メートルくらいまで上昇したあと西に向かい、荒野を突き進む上級修了者を追跡している。ヴァルソンはいっさいの配慮を忘れ、暗い情念に突き動かされていた。それでいてなお、その行動はあたりまえのものだといえる。傷つけられた名誉を回復しようとしているだけだ。

ロワはアトランとの歴史的な決闘のことを思いだし、嫌悪感に震えた。だが、まだ若いクカートン人が不死者とくらべて精神的にも道徳的にも成熟していないことを責めるわけにはいかない。

「ジョー、きみのために祈っている」かれはそうつぶやいた。

ジョー・ポリネーゼ　第五の日誌

ロワ・ダントンは生涯の大取引を成立させたばかりだった。一クカートン人に古代テラのブラウン管テレビを押しつけ、交換にクカートン人の万能スティックを手に入れたのだ。それはゴールドに輝く杖で、表面にいくつか、ちいさな突起が見える。この杖はエネルギーをさまざまなかたちで、個別に束ねて放出することができた。パンを切り、氷を溶かし、侵入者を麻痺させ、ジャングルに林道を焼きひらき、襲撃してきた相手を殺すことさえできる。この杖でできないことはなかった。惑星ハードコヴェントリーの公共交通機関やグライダーに乗れば、インパルス発信機や操縦桿《かん》としても機能する。だが、ロワにはそれをためす機会がなかった。アームバンド・テレカムでデメテルに呼ばれ、すぐに搭載機にもどったから。数機の搭載機が広大な宇宙港のかたすみに、着陸したり浮遊したりしている。

クカートン人の警察がテラナーを待ち受けていた。警官のなかにはがっしりした体格の者がいて、かれはダントンを迎えると、おちつきなく触手を動かした。

「異銀河からのゲストにはじつにいいにくいのですが」警官は標準的なクカートン語で話し、ロワの左耳のトランスレーターがそれをなんなく通訳した。「間違いがありました。ちいさなクカートン人に、杖を交換する権限はなかったのです。あれはわたしの幼い息子でして！」

ロワはようやく、取引のとき感じた違和感の正体に気づいた。あのクカートン人はとても小柄だった。だが、かれには若いのか年よりなのか判断がつかない。クカートン人の肉体的な成長について、当局に問い合わせることも思いつかなかった。

「杖を返してもらいたいのか？」

「なんといいましたっけ、物々交換？　でしたら、わたしもそれをしようと思います。あなたに骨董品を返すので、杖と交換してください。それ以外のものはいりません。あなたがたの交換方法は理解しています。いささか異例なやり方になるでしょうが、ゲストを迎える立場として、あなたがたを怒らせたくはありません！」

助手がテレビを持ってきた。どうしてそれが《ラヴリー・ボシック》にあったのかは〝それ〟のみぞ知る。ロワはテレビを受けとり、杖を返した。

「申しわけありません」クカートン人がいった。「失礼な行為だということは承知しています。ですが、間違いだったのです。わたしの家族の生活はこの杖にかかっています。親戚二千名の面倒を見なくてはならないので！」

なんという家族だ！　ロワはそう思った。

「怒ってなどいない。結局、間違いは正されたのだから。いまのところ、クカートン帝国のもてなしについてはいい話しか聞いていない。エレンディラ銀河での例を見るかぎり、エスタルトゥはほんとうに、奇蹟のような平和を実現しているらしい。永遠の戦士の原理はあらゆる種族にとっての福音であるようだ！」

クカートン人はすこし後退し、黙りこんだ。

「意味がわかりません」しばらくためらったあと、ようやくそういう。「どういうことです？　エスタルトゥとはなんです？」

「ソト＝タル・ケルを知らないのか？」

「知りません。はじめて聞きました。そんな名前を聞いたことがあるクカートン人はどこにもいないでしょう」

ロワは考えこみながらうなずいた。驚きをかくせない。ピラミッド船に乗っていたクカートン人の調査員も、エスタルトゥのことは知らなかった。

「永遠の戦士カルマーについては？　そういう名前を聞いたのだが！」

「なにが知りたいんです？　カルマーは伝説で、われわれを守ってくれています！」

「それ以上のことは知らないのか？」

クカートン人は肯定した。それ以上、知るべきことがあるとは思っていない。

「惑星クカートンなら、もっとくわしいことがわかるかもしれません。イリラム星系に行ってみることです。帝国の中心星系で、クカートンはその第二惑星です。レンパルあたりで首都世界への訪問許可を得るといいでしょう。惑星クリールに向かうのもいいかもしれません。クララ星系の第五惑星で、英雄学校があります」

そのクカートン人はひと言別れの言葉を告げ、引きあげていった。ロワは搭載機に乗りこんだ。すでにデメテルが操縦席についている。かれがテレビを引きずっていくと、デメテルは安心したようにほほえんだ。

「すべて順調よ。ヴィーロ宙航士は全員、ヴィールス船に帰還したわ。どこかの世界にいのころうとする者が皆無《かいむ》だなんて、まるで奇蹟ね」

ロワはうなずいた。たしかに奇蹟だが、ちゃんと考えれば説明はつく。絆《きずな》が全員を結束させているのだ。かつての自由航行者の皇帝の精神がかれらを結びつけている。

「どうやらわたしは最大交換コンテストで優勝できそうにないな」ロワはため息をつき、デメテルの髪をなでた。

「だからなんなの、ロワ。わたしがいるでしょ！」

6

エディム・ヴァルソンがそこにいる。上級修了者は音をたてないが、デメテルには存在が感じられた。横坑に沿って移動していて、進行方向を決めるのに苦労しているようすはない。鉱石を満載した自動トロッコの騒音がデメテルの聴覚をじゃましていた。もうほとんどなにも聞こえない。外を通過する短い影は車輛かもしれないし、クカートン人かもしれなかった。

突然、ヴァルソンの声が響いた。

「近くにいるな、ヴィーロ宙航士！　わかっているぞ。集中力が高まっているから、ちゃんと感じる。わたしの横か、上にいるな！」

デメテルは息を殺し、身動きをとめた。両脚が凍りつく。わずかに膝を曲げてコンソールの上に立ち、軽く身をかがめて壁の窪みにひそんだ。上級修了者を自分とアンドロイドのあいだに置き、クカートン人の注意を分散させようとする。二正面での戦闘は、単独の敵を相手にするよりも不利になるから。

だが、どうやって戦えばいい？　パーミットは持っているが、その効果はたしかなものではない。

二分待ったあと、壁の窪みを出て横坑に入った。あたりを見まわしてもヴァルソンの姿はなかったが、もっと下の階層から罵声が耳にとどいた。ジョー・ポリネーゼの声だ。その直後、デメテルは下に通じるまにあわせの階段の前に出た。同時に人影が見えたような気がした。階段の右側から手すりに沿って下に滑りおりていったようだ。上級修了者にちがいない。

彼女はしばらくその場で待ったあと、手探りで階段をおりた。二十メートルほど下降し、薄暗い非常灯の光でシュプールを探す。見つかりはしたものの、それはアンドロイドのものではなかった。ジョーはシュプールを消しているようだ。ヴァルソンの触手がつけた、数十個のちいさなまるい窪みを発見。上級修了者のシュプールは二方向にのびていた。途中で引き返したのかもしれない。

右折してちいさな横坑に入る。湿気がひどい。壁には水が流れ、黴《かび》と腐敗のにおいがする。彼女は両手両足で探りながら進んでいった。前方にもうランプはなく、左右のぎざぎざの岩が不自然な影を落としている。

この横坑には磁気軌道がなく、どうやら行きどまりらしい。引き返そうと振り返ったとき、岩壁の一部が動きだし、生命体に変化した。黒い影が突進してくる。彼女は衝撃とともに地面に投げだされ、くぐもったうめき声をあげた。触手が巻きついて胸郭を圧迫する。右腕に二度めの衝撃を感じ、パーミットのつつみが大きく弧を描いて、行きどまりの横坑の外に飛んでいった。

なにかがしゅっと音をたて、上級修了者が音もなく撤退する。横坑の入口が崩落した。デメテルは闇のなかにとりのこされ、うめきながら立ちあがると、からだを調べた。骨は折れていなかったが、青あざがいくつかできている。

パーミットが見あたらない。たぶん上級修了者は無意味な武器だと思って、見すごしたのだろうが。

デメテルは壁に沿って足を引きずりながら崩落個所に向かった。ヴァルソンは彼女の位置をずっと正確に把握していたのだろう。あの瞬間まで。ただ、こちらが何者なのかわからなかっただけだ。いまはもうわかっている。かれは協力者である自分を孤立させ、ジョー・ポリネーゼと対峙《たいじ》しているのだ。

ちいさな岩のかけらをどけはじめたが、天井からあらたなかけらが次々と落下してくる。大きな岩が落ちてきて、彼女は後退を余儀なくされた。閉じこめられて、自力での脱出はむずかしそうだ。行きどまりの横坑の空気では、十五分以上生きのびることはできないだろう。

すすり泣きが漏れる。失敗したのだ。ジョーとヴィーロ宙航士たちをパーミットで助けるチャンスは失われた。あとはもう祈るしかない。

デメテルはこの状況で唯一できることをした。濡れた地面に横たわり、できるだけ浅く呼吸をするのだ。

＊

「きみたちは完全に頭がおかしい！」コーネリウス・〝チップ〟・タンタルが叫んだ。もうくたくたになっているようだ。アンドロイドが動きつづけるため、牢獄のなかではげしく揺さぶられ、全身に数えきれないほどの擦り傷ができている。「せめてクッションをくれ。ハッチを開けて、投げ入れてくれればいい。天蓋つき寝台があるんだったな？上がけだけでもいいから！」

「時間がない！」ルツィアン・ビドポットが現状を説明した。ジョーは鋼ザイルを伝って下層に滑りおり、岩の台座の上に身を伏せて、上級修了者がかれのシュプールを見つけて姿を見せるのを待っている。アンドロイドは数分かけて、その有利な場所を見つけだした。一方向からしか見ることも登ることもできず、上には垂直な岩の亀裂がある。そこには鉄格子《ごうし》がはまっていて、クカートン人は通り抜けられないが、アンドロイドの細いからだなら通過することができた。

ヴァルソンがあらわれた。横坑の入口ですばやく影が動き、ジョーはコンビ銃の発射ボタンを押した。高熱のビームがななめ下方にほとばしる。だが、熱線が地面を穿ったとき、ヴァルソンはもうその場にいなかった。台座の下のちいさな窪みに安全に身をひそめている。

「出てきて戦え！」アンドロイドが叫んだ。「それとも、焼き殺してやろうか？」

わずかに身を乗りだし、下に向けて連射。台座の下部が溶け、温度があがったが、ヴァルソンは動かない。

「下でなにかやってるぞ」ルツィアンが気づき、アンドロイドにあらたな思考インパルスをあたえた。ジョーは武器のスイッチを切り、顔を引っこめた。台座の下のどこかでひび割れるような音がする。アンドロイドは冷静に岩の亀裂を登り、鉄格子のほうを向いた。そこをすりぬけ、しっかりとつかまる。直後に三メートル下の台座が崩壊した。破片が飛来し、亀裂の基部にぶつかったが、アンドロイドのところまではとどかない。

「残念！」シガ星人ふたりに操られているとも知らずに、ジョーが嘲笑する。「もっと正確に狙うんだな！」

「その自信がいつまでもつかな」上級修了者がソタルク語でいうのが聞こえた。「支援は期待しないことだ。協力者はすでに排除した。彼女がきみを助けることはできない！」

あとには沈黙がつづき、ジョーは物音を聞いて、ヴァルソンが最初の交戦の場から立ち去ったと判断した。アンドロイドは岩の亀裂にはめこまれた鉄格子をつかみ、ひとつ上の階層に急いだ。

「まだたりないっていうのか?」チップは牢獄のなかで心の底から絶叫した。「まだ充分じゃないと? あいつはデメテルを排除した。殺したにちがいない! なぜって、敵をいたわる必要がどこにある? デメテルが死んだのはきみたちの責任だ!」

スーザ・アイルはチップがからだを折り曲げ、防護服をいじるのを見ていた。胸ポケットからなにか出そうとしているようだ。

「なにをしてるの、チップ? 裏切ろうとしてもむだよ。事態の重大さを忘れないで!」

「きみたちは自殺志願者だ。わたしは安全地帯に脱出する!」メンターはそういったが、手がポケットにとどかない。牢獄は拘束衣のように窮屈で、アンドロイドが動くたびに位置がずれてしまうのだ。

ジョーは亀裂の外に出て、すばやく位置を確認した。身を低くして、さらに上につづく梯子《はしご》へと急ぐ。右手からなにかが飛んできた。シガ星人二名はそれを目でとらえ、アンドロイドのからだの向きを変えてよけさせた。それは岩のかけらで、陽動の意味もあった。反対側からヴァルソンが肉薄し、ジョーの脚をはらう。

アンドロイドは冷静に反応した。アドレナリンが大量に分泌され、重いからだが羽根のように軽く感じられる。上級修了者の触手のひとつが武器に絡みつき、ジョーはエネルギーパックを引きぬいて武器を手ばなした。ポケットから閃光弾をとりだし、点火する。閃光弾とエネルギーパックが同時に爆発し、アンドロイドは視界を奪われないよう、ぎゅっと目を閉じた。ふたたび目を開くと、ヴァルソンの姿がない。一瞬ののち、クカートン人がすぐ背後にいることに気づいて、振り向きざま攻撃をしかける。

不気味な戦いがはじまった。テラナーの成人十人をかんたんに相手にできるアンドロイドと、肉体的・精神的な能力がいまだに未知の、英雄学校の上級修了者との戦いだ。ヴァルソンは満足そうな声をあげ、からだごと左に突進する。その動きは薄暗い明かりのせいで、実際よりも緩慢に見えた。同時にからだの影の動きを利用して、三本の触手を右側に突きだす。ジョーは衝撃で地面に転がり、そのまま岩壁に衝突した。苦しい息を吐きだしながら、鋼で強化した右腕を上級修了者のからだにたたきこむ。触手の一本に命中。ヴァルソンはすぐにその触手を引きもどし、からだの向きを変えてかばった。クカートン人が声をあげないため、ジョーには攻撃が効いたのかどうかわからない。

上級修了者は侮辱に報復するかのように、再度、攻撃をしかけた。すべての触手を使って跳躍し、アンドロイドの上に蜘蛛のように落下する。ジョーは巧みにそれを受けとめ、締めつけようとしてくる触手を二本、三本と結び合わせた。ヴァルソンは苦痛のうめきを漏らしながら、アンドロイドの頸をつかみ、二本の触手を頭部にたたきつけようとした。ジョーがとっさに身を沈めなかったら、頭蓋骨を砕かれていただろう。かれは両腕をのばして頭を引きぬき、クカートン人のからだの下から逃れた。ヴァルソンは結ばれた触手をほどき、アンドロイドを追撃する。

「そうかんたんにはいかない」ジョーがいうと、ヴァルソンは悪態をついた。

「おまえの内部で精神がいくつか争っている」と、クカートン人。「おまえは人造物だな！」

アンドロイドはたじろいだ。上級修了者がなにをいっているのかわからない。自分のなかでなにが起きているのか、かれは知らないのだ。

「ヴァルソンの勝ちだ！」チップが全力で叫んだ。「予想どおりだな。きみたちが人生に疲れてるのは理解できる。だが、まずわたしを外に出してくれ。サイボーグのコンポーネントのなかで死ぬ気はない。生きたまま押しつぶされるのはごめんだ。解放してくれたら、秘密兵器できみたちを助けて、ヴァルソンを追いはらうと約束しよう」

スーザとルツィアンは答えない。ほかのことで手いっぱいだったから。ジョーは悪魔のように戦っているが、ヴァルソンの動きはそれを上まわっていた。相手が人造物だと気づいて以降、上級修了者自身もまるで自動機構のような動きを見せている。あらたな状況に適応しているのだ。ルツィアンはアンドロイドの体調を無視して、さらにアドレナリンのレベルをあげるしかなかった。戦いつづけるジョーは、命がかかっていることをはっきりと意識していた。ヴァルソンの攻撃は速度と強度を増していく。ジョーは地面に転がって、致命的な触手の一撃を避けた。なんとか呼吸はできているが、ヴァルソンの攻撃はさらにはげしさを増している。いまや上級修了者は、一種の戦闘狂だった。

「繊維一本のこさず消滅させてやる」と、宣言。

打撃がアンドロイドの上に雨あられと降り注ぐ。ジョーは相手のからだを岩壁にたたきつけたが、ヴァルソンはさらに速度をあげた。岩壁に触れた瞬間に跳びかかってきて、かれを締めあげようとする。突然、ジョーの左腕がぶらんと垂れさがった。関節がはずれたのだ。そのため、動きが制限される。かれはゆっくり後退し、逃げ道を探した。くるときに使った鉄格子が見える。その開口部の奥からべつの音が聞こえてきた。

「降伏する。好きなようにしろ」アンドロイドはそういい、抵抗をやめた。クカートン人はかれよりも機敏で、強靭《きょうじん》で、かれの数倍すぐれた近接戦闘技術を有している。戦闘での身のこなしは滑らかで、すべてが統一されていた。

「降伏はない」クカートン人がいった。「おまえは死ぬのだ、ゴリム！」

ヴァルソンがのびあがり、ジョーは触手が頭と頸を狙って致命的な一撃をくりだそうとしているのを悟った。

ジョーの口が叫び声をあげるかのように開いた。そこからちいさな影が飛びだす。影はヴァルソンの頭上を飛びこえ、反対側の壁までゆっくりと飛んだ。チップだ。ふたりのシガ星人がかれのためにできることは、もうそれしかなかった。

「やめろ！」上級修了者の背後から大声が響いた。ロワ・ダントンの声だ。かれとならんでルビン人も戦場に入ってくる。ロワはパーミットのつつみをかかえていた。それを開き、ヴァルソンが反応するより早く、指のない手袋を左手に装着し、手をのばす。

エディム・ヴァルソンは硬直した。からだが彫像のようになり、ゆっくりとあとじさる。

「戦いをやめろ！　無意味だ！」と、ロワ。

「戦いは終わった」ヴァルソンがなにごともなかったかのようにいう。「ご命令を、戦士のこぶし保持者よ。あなたは上位者だ。要望どおりにしよう。あなたに呼びかけられるのは光栄のいたり。ご容赦を！」

ジョー・ポリネーゼ　第六の日誌

わたしは幸せだ。

アンドロイドが幸せになるのはよくあることではない。だが、わたしは幸せだ。最大交換コンテストで優勝したから。むずかしいことではなかった。《ラヴリー・ボシック》の首席自由商人なのだ。ほかの者たちも認めている。こころよく。

いまは自分のキャビンにひとりだ。言葉はいらない。考えに没頭している。アンドロイドには多くの利点がある。だれもがそのちいさな幸せをよろこんでくれる。だからわたしも他人に同じことをする。わたしは美徳をそなえた人造物だ。美徳を重視している。だれかをだまして利益を得たことはない。

あの立方体もそうだ。テラの名所をおさめたホロ・キューブ。

「感謝する、船!」一気がつくとそういっていた。

「あら、どういたしまして!」と、《ラヴリー・ボシック》。

われわれは十の世界を訪れ、それぞれで経験を重ねた。いまは惑星レンパルにいる。ここのクカートン人はわれわれを受け入れてくれた。どこでもそうだが、友好的に。

われわれは経験から多くのことを学んだ。至福のリングは有人星系の七十パーセントに存在する。形状はさまざまだ。百恒星帝国に属する者たちは永遠の戦士を崇拝していて、カルマーは守護聖人のようなものだ。だが、顔を見たことのある者はいない。

エスタルトゥも知られていなかった。ストーカーことソト＝タル・ケルのことも、だれも知らない。

クカートン人とほかの二十三種族は調和して暮らしている。かれらはカルマーに奉仕するために生まれてきたのだと確信している。カルマーはその腕にかれらをつつみ、保護してくれるのだ。かれらは永遠の戦士の法典を受け入れている。試験に合格したという自負心を持ち、恒久的葛藤の哲学を知っている。だが、かれらはストーカーは知らない。そのため、ソト＝タル・ケルはいままでよりも共感できる存在になっている。平和なクカートン帝国を基準とするならば。かれらは至福のリングについて夢中になって話す。まあ、いいだろう。

なぜ至福のリングが存在しないところがあるのか。それはどのようにして生じたのか？　これほど多くの星系が小惑星リングを持つというのはふつうじゃない。人造物なのか？

ばかなことを。自分のことを他者に投影しすぎだ。わたしは人造物だが、だからといってリングも人造物だということにはならない。

日誌を書け、とロワがいった。だから書いた。いまも書いている。一冊めはまもなくいっぱいになる。十二件の報告が詰まっている。もっと増えるだろう。われわれ、レンパルで足をとめるわけではない。それはたしかだ。

チップがやってきて祝福してくれた。

わたしはかれの前に膝をつき、感謝の言葉を述べた。かれは驚いたようすだったが、そのあとはずっと笑っていた。惑星オリノドでの言葉を思いだしたのだろう。あのときはかれがわたしを窮地から救ってくれた。もうこの話はやめにしよう。

「きみとは馬が合うんだ」メンターは笑った。「ルビン人だとこうはいかない」言いまわしは理解できた。

「そうかもしれない！」

重ねてチップに礼をいうと、かれは出ていった。だが、疑われたような気がする。なにか気づかれただろうか？

自分でも確信がない。半時間前、わたしは居間にある大型ロッカーを開けた。なかには反重力プレートがふたつ入っていた。いつ入れたのかわからない。わたしは疑いはじめ、ロッカーを閉めるのを忘れた。チップもなかを見たはず。

あのプレートはなんだ？　直径は一メートルたらず。だれがそこに置いたのか？　わたし？　わたしがやったのか？

〝行動のときがきた〟と、自分がそういうのが聞こえた。ジョー・ポリネーゼがすぐに行動にうつらないと、すべてが手遅れになる。NGZ四二九年二月の宇宙ハンザ会議にさかのぼる任務があるのだ。任務にまつわる秘密計画がその数年前から存在していたことも知っている。だが、計画は実行されなかった。その機会がなかったから。わたしにとってはさいわいだった。

わたしにとって？

わたしはどうしてしまったのだ？　どうして突然こんな考えが浮かび、長い文章をしゃべり、その内容がひどく理解しにくいのだ？　ロッカーにプレートを入れたのはわたしなのか？

意識が黒いカーテンにおおわれたかのように消えていく。突然、すべてがありありと思い浮かんだ。反重力プレートは、わたしが船の内外ですばやく移動する必要が生じたときのための緊急用だ。そんな事態がすぐに起きるという確信がある。それまでは、大きな人間たちのいる船内は平和なままだが。

大きな人間たち？　わたしはちいさいということか？　だが、わたしはチップではない！

とほうにくれて、目の前のテーブルに置かれた冊子を見つめる。

表紙には〝ジョー・ポリネーゼの日誌〟とある。手にとってページをめくった。白紙のページばかりだ。きちんと罫線が引かれている。使用した形跡がない？　これから記入するのだろうと思えた。

わたしはどこかおかしいのか？

助けてくれ！　ヴィーロ宙航士、わたしを助けて！　頭がおかしくなりそうだ！

わたしのなかのなにかが叫ぶのをおさえこみ、逆らうことができない。

わたしはアンドロイドのジョー・ポリネーゼ。だが、ほんとうにそうなのか、徐々に疑念が高まってくる。

もっとべつの、なにか恐ろしいものではないのか。

7

デメテルの救出には半時間かかった。エディム・ヴァルソンはジョー・ポリネーゼの腕を治し、そのあといっしょに、崩れた岩をわきにどけていった。デメテルは意識はあるものの衰弱していて、ロワ・ダントンは彼女をかかえあげ、外に運びだした。コーネリウス・〝チップ〟・タンタルはロワの防護服のベルトポーチに入りこんだまま動かない。巨大シガ星人はショック状態で、話は聞けそうになかった。

ヴィーロ宙航士たちは《ラヴリー・ボシック》に帰還した。ヴァルソンも同行する。上級修了者の誇らしげな態度はすっかり影をひそめ、まだパーミットを装着したままのロワから目がはなせないようだ。ロワは宇宙港の直前でそれをはずし、つつみにおさめた。

ヴァルソンはすぐに別れを告げた。つまり、ロワに退去の許可をもとめた。惑星レンパルの住民に事情を説明し、過ちを正さなくてはならないから。そのあとまもなく警察も宇宙港から姿を消し、はるか上空でヴィールス船の逃走を防いでいた船も、地平線の向こうに見えなくなった。

　ロワとデメテルは船内に凱旋した。犠牲を出さずに事態が解決して、ヴィーロ宙航士たちはほっとしている。ロワはチップを船にまかせ、できるだけ急いで回復させてくれとたのんだ。戦場で目撃した状況から、考えるべきことがたくさんある。

　ジョーは全員から遠巻きにされた。唯一の例外はデメテルで、かれのそばにつきそい、司令室に入るとジョーに向きなおった。

「聞かせてちょうだい、アンドロイド。あんなことをする必要があったの？」

「わかりません」ジョーは自信がなさそうだった。「ヴァルソンを挑発するつもりはありませんでした。なにがあったのか、自分がなにをいったのかはわかっています。ただ、それが自分の考えと合致しないんです。正気を失っていたにちがいありません！」

「ヴィールス船かサイバネティカーに、きみを調べさせたほうがいいようだ」ロワがいった。「調査を受け入れる準備はできているか？」

「いつでもかまいません！」アンドロイドが毅然と答える。

「その必要はありませんよ」チップの不機嫌な声が響いた。いつものように司令スタンド内に浮遊し、拡声器を使っている。「わたしがすべて説明できます。お知らせすることがあるんです。宇宙ハンザの活動に関するニュースが。ジョーにはなんの責任もないし、頭がおかしくなったわけでもありません。かれのなかには三つの魂が住んでいるんです。本人のと、あとふたつ、恋人同士の魂が！」

ヴィーロ宙航士たちは巨大シガ星人まで頭がおかしくなったという目でかれを見つめた。ヴィールス船がそれをなだめる。チップは急に牢獄から解放され、命の危険を脱したショックを克服していた。後遺症はなさそうだ。

「なぞなぞだな」と、ロワ。「じらすのはやめてもらいたい！」

「あわてないでください、友よ」と、《ラヴリー・ボシック》のメンター。かれはジョーの右肩の上に着地し、耳もとでささやいた。「ジョー、いまのきみはとても勇敢だ。いままでできなかったことも、意識して実行できるはず。かれらはこの肉体の操縦から手を引いた。すぐに出ていくだろう！」

「かれら？」と、ジョー。まるで口枷《くちかせ》をはめられているかのように言葉すくなだ。ふたりのシガ星人は適切なインパルスをあたえてその口を開かせた。サイボーグ・コンポーネントを出て、太い気管のなかを上昇する。ふたりが口から這いでると、ジョーは目をまるくした。そのあいだにチップがジョーのなかで知ったことを報告する。

ロワはシガ星人の両ハンザ・スペシャリストを捕まえ、目の前にかかげた。

「宇宙ハンザのことはともかく、きみたちは不幸をもたらした」と、大声で宣言する。

「今後はジョーを操作したりせず、船内でほかのヴィーロ宙航士と同じように生活してもらう。緊急時には〝復職〟する可能性もあるが、ジョーの同意がある場合だけだ。船内規則にはすべてしたがってもらう。ハンザがなにをいおうと、ここでは関係ない」

スーザ・アイルとルツィアン・ビドポットはやむなく同意した。かれらの試みは失敗したのだ。ハンザのために事態に介入する二度めのチャンスがすぐに訪れることはないだろう。ふたりの面倒はチップが見ることになった。多少は責任を感じていたし、なんといっても祖先の故郷世界は同じシガなのだ。つねに目を光らせているくらい、たいした問題ではない。

ヴィーロ宙航士たちの注意がそれた。エディム・ヴァルソンがもどってきたのだ。かれがレンパルのクカートン人に過ちを知らせた結果、惑星住民が戦士のこぶしをひと目見ようと船のまわりに押しよせていた。だが、ロワには決闘の手袋をもう一度装着する気も、《ラヴリー・ボシック》の外に姿を見せるつもりもなかった。

かれにとって、なによりも重要なことがあったから。ロナルド・テケナーの救難要請に応えるのだ。アンドロイドがグラヴォ・エンジンへの介入をやめたので、船はようやくスタートできる。

ヴァルソンが敬意と服従をしめしながらローダンの息子に近づいた。

「あらためて謝罪する」と、上級修了者。「知らなかったのだ。若気《わかげ》のいたりと考え、どうかわたしを臣下として受け入れていただきたい。あなたの航行に同行したいのだ！」

ロワは真剣にうなずいた。手続きの問題があるのはわかっているし、かれ自身はパーミットを忌避《きひ》している。知性体を犬のようにしたがわせるのも気が進まなかった。他方、エレンディラ銀河と永遠の戦士の法典についてすべてを判断するには、わかっていないことが多すぎるのもたしかだ。

「わかった、エディム・ヴァルソン。《エッテナ》を持ちこんでいい。ヴィールス船が場所を指示する」

上級修了者はうれしそうに退出した。かれはジョーがヴァルソンを臆病者とののしったとき使った反重力プレートもいっしょに持ち去った。

そのあいだ、デメテルがアンドロイドの世話をした。ジョーは不幸の塊りのような姿でヴィールス・シートにすわっていた。ロ枷はすでに解除され、ふつうにしゃべれるようになっている。

「しばらく前から感じていました」ジョーがデメテルにだけ聞こえるようにいった。「ときどき意識が分離したかのように、自分のしたことが思いだせずに苦しかったのです。いまようやく、あの小人たちに原因があったとわかりました。かれらがもうわたしのなかにいないのをうれしく思います」

「あなたならショックを克服できるわ」と、デメテル。「あなたは強い。もうすこしでヴァルソンも倒せていた。こんどは自分に打ち勝つのよ！」

　ジョーはおさえたうめき声をあげた。両手でシートの肘かけを軽くなでる。

「わたしはアンドロイドであることに幸せを感じ、それを自分の長所として誇りに思っていました。それがいまは、自分が怪物だと、サイボーグだと自覚しなくてはならない。わかりますか？　こうして長い文章でしゃべれるのは、何時間もシガ星人二名の影響下にあったからです。自分をとりもどすには永遠の時間が必要でしょう。自分がアンドロイドではなく、なにか恐ろしいものだというこの感覚は、克服などできそうにありません！」

「いいえ、ジョー、あなたは怪物なんかじゃない！」デメテルの声が力強さを増した。「マシンに操られた存在ではないの。あなたは自分でものを考え、感じることができる。腹腔内のサイボーグ・コンポーネントは……あなたが望めば、外科的にとりのぞくこともできるわ。でも、当面は気にしなくていいと思う。とくに影響はないはずだから！」

　ジョーはうなずいて、立ちあがった。足もとがすこしふらついていた。

「ええ」そういって、司令スタンドにもどってきたロワとヴァルソンに近づく。

「スタートしろ」ローダンの息子はそういって、壁の窪みに入るようチップに合図した。クカートン人たちはヴィーロ宙航士たちの名誉を称える祝宴を催そうとしたのだが、かれらはそれを辞退した。すでにかなりの時間をむだにしている。皇帝から帝国の首都惑星クカートン訪問の許可を得ることとさえ、もうどうでもよかった。目的ポジションはまったくべつにある。パルサーが存在し、もともとヴァルソンが戦士カルマーの輜重隊に合流するはずだった宙域だ。

《ラヴリー・ボシック》船内にゆっくりと日常がもどってきた。ヴィールス船が惑星レンパルの空に上昇していくとき、デメテルだけはジョーがくりかえし腹部をさすっていることに気づいた。外から腹のなかの卵形物体を感知することはできないのだが。

かれにとってはすべてが悪い夢のようなものだろう。デメテルはしばらくアンドロイドから目をはなさず、できるだけ力になってやろうと思った。

エピローグ

メンターはヴィールス船が登場したときから存在していた。コーネリウス・〝チップ〟・タンタルがメンターをつとめる《ラヴリー・ボシック》は、ある意味、未来的な宮殿に似ている。デメテルはこの船を〝自由商人の離宮〟と呼んだもの。メンターが船と内的な、親密とさえいえる関係を結ぶことで、最適な操縦が可能になる。メンターは船を刺激し、性能を最大限に引きだすことができる。それはすこしでも早く目的ポジションに到達するため、チップがいままさにやっていることだった。ホロ・プロジェクションはハイパー空間のプシ流を色彩の滝のように揺らめかせ、その動きはプシオン宇宙の息づかいを反映している。星々は色を変え、通常空間では光学的に認識できない現象がラインとネットのあいだで踊り、ヴィーロ宙航士の旅に同行する。宇宙は華麗で多様な姿を見せ、人間を熟考にふけらせ、その認知能力を昂進させたり低下させたりする。

プシオン・ネットのグリーンの線だけがさまざまな色のなかでつねに変わらず、空間と時間と生命の融合を表現していた。その線上に生きる何者かが精神、霊魂、空間、時間、肉体の宇宙的合一をなしとげるための、哲学的なヒントとなっている。

そんなプシオン・ネットの、蜘蛛の糸のように細い線上になにかが存在するなど、考えられるだろうか？

そして、夢はいつのまにか終わりを迎え、味気ない色彩と印象がヴィーロ宙航士の意識のなかに入りこんでくる。大量の通信が押しよせてきた。

《ラヴリー・ボシック》はセポル星系のはずれに到達した。この星系には八個の惑星があり、主星のセポルはパルサー、いわゆる変光星だった。ヴィーロ宙航士たちは星系到着と同時に、そこでなにが起きているかを悟った。星系外縁部と最外周惑星のあいだに宇宙船が蝟集していたのだ。

「戦士の輜重隊だ。次々に到着している！」

エディム・ヴァルソンの口調には熱意があふれていた。忠誠の証《あか》しとして白い飾り帯にゴールドの星をつけたかれは、ヴィールス船が投影するホログラム映像のすぐ前面に立った。

「詳細もすべてわかるぞ、戦士のこぶし保持者よ」ヴァルソンはそういったが、ロワ・ダントンは聞いていなかった。べつのものに注意を引かれていたのだ。

「《エクスプローラー》複合体です。すべてそろっています！」ヴィールス船が報告した。「すでに呼びかけてきています。聞きますか？」

「もちろんだ」

ロワの目の前にいきなりちいさな画面があらわれ、知っている顔がうつしだされた。ストロンカー・キーンだ。相手は笑みを浮かべた。

「ロワ、やっとですか！　何日も待っていました。ここはまるで魔女の大釜のなかですよ！」

「ブルはどこだ？」ダントンは悪い予感をおぼえた。「テクは？」

「ブリーはキャビンです。調子がよくなくて。ストーカーのパーミットを使って自分を永遠の戦士だと感じて以来、まるで定期的に服用する薬が切れたみたいに禁断症状が生じるんです。ときどき話すこともできなくなります」

ロワは衝撃を受けた。内心の声に耳を澄ます。かれもパーミットを使ったが、ごく短時間だ。からだに異常は感じられず、ほっと息をつく。

「テクは？」

「《ラサト》は第二惑星ナガト上空から墜落して、外界から完全に遮断されています。自分の目で見てください。ナガト周辺はハイパー嵐のせいで、航行は不可能です」

「それで、テクやジェニファーや、ヴィーロ宙航士たちは？」

「まだ生きていることを願うだけです、ロワ」

「それではだめだ、ストロンカー。すぐに会おう。救出作戦を立案しなくては」

ロワは横目でちらりとヴィールス・テーブルを見やった。両ハンザ・スペシャリストがすわり心地のいいシガ製のスツールに腰をおろし、飲み物を口に運んでいる。当面メンターとしての任務が終わったチップもいっしょだ。

「胸ポケットに入れていた秘密兵器はなんだったんだ？」ルツィアン・ビドポットが甲高《かん》《だか》い声でたずねている。「それが役にたつと信じて、最後の瞬間にきみをアンドロイドから射出したんだ」

「ロワが助けにきたんだから、もういいだろう」と、チップ。「あれがなんだったのか、説明する必要はない」

チップはふたりをそこにのこし、宙を飛んでロワに近づいた。

「これまでの冒険は幕開けにすぎなかったようです」と、拡声器ごしにいう。「これからが本番ですよ！」

「どうだろうな、ちび。すぐにわかるさ。またあとで！」

画面が消え、キーンとの通信が終了した。ロワは司令スタンドにいるヴィーロ宙航士が全員、同じほうを見ていることに気づいた。かれの臣下となったエディム・ヴァルソンを見つめている。戦士の輜重隊とはなんなのか、説明が得られるものと期待しているのだ。

あとがきにかえて

嶋田洋一

わたしが住んでいる埼玉県越谷市は昔から〝水郷こしがや〟と呼ばれていたそうで、市内を幾筋もの川が流れている。古利根川《ふるとね》（正式名称は大落古利根川《おおおとしふるとね》というらしい）と元荒川はそれぞれ利根川と荒川の昔の本流。ほかにも中川、新方川《にいがた》、綾瀬川などがあり、かつては用水路が市内を縦横に走っていたという。今ではほとんどの用水路が埋め立てられたり暗渠《あんきょ》化されたりしているが、名残の細長い空き地があちこちに見られる。

こういう土地なので水害も多く、わが家も三十年以上前、父が越谷に家を建てた数年後の台風による洪水で、床上浸水の憂き目に遭っている。当時の家は川のすぐそばにあり、市内でもとくに低い場所だったらしい。結局そこは市が買い取って排水用のポンプ場を作ることになり、父の家は市内の別の場所に移転を余儀なくされた。今わたしが住んでいるのはその移転後の家になる。

前に比べれば川から遠くなったとはいえ、五分も歩けば別の川のほとりに出るという立地だ。結局、越谷市内に住む限り、どこにいても川と縁は切れないということになる。そんなわけで、老化防止のために散歩をするにしても、歩くのはやはり川沿いの土手道が多い。

大きな川の土手では市が遊歩道を整備しており、春には花見客で賑わう桜堤もあったりして、散歩にはもってこいの環境と言えるだろう。

そんなわけで、運動不足解消のため三十分程度の散歩を日課（雨の日はお休み）にしていたところ、若い友人から「ちょっと長めのウォーキングのあと軽く呑んで解散」という企画に参加しないかと打診があった。

コースは東武東上線「新越谷」駅（JR武蔵野線「南越谷」駅）から東武東上線「北越谷」駅まで。正午に出発し、元荒川に沿ってぶらぶら歩いて途中で昼食を摂り、休憩しながら三〜四時間で七〜八キロの距離をこなすというのんびりしたもの。喜んで参加することにした。

当日はすばらしい秋晴れで、暑すぎず寒すぎずの、絶好の散歩日和になった。午前中の吹矢の練習を途中で抜け、ウォーキングというより「ちょっと一杯呑みに出かける」恰好で歩きだす。参加者はわたしを含めて三人、途中から一人加わって、呑み会だけ参加というのがもう一人ということになった。

正午出発だったので、小一時間歩いてから昼食にする。ネパール人のやっているインドカレーの店で、すぐにビールを飲みはじめるわれわれ三人。まあ最初からわかっていたことだが、誘ってくれた友人も〝ウォーキング〟より〝軽く呑んで〟のほうが主目的だったらしい。

食事をしていると、練習を終えてきたらしい吹矢の師匠が店に入ってきた。何という偶然。聞けばいちばんお気に入りのカレー屋だそうで、しょっちゅうテイクアウトをしているとのこと。それにしても、昼間からビールを飲んでいるところを見られたのは予定外だった。

そのあとはまた川沿いの遊歩道をぶらぶらと歩く。普段から知っている道もあれば、まったくはじめて通る場所もあり、なかなか興味深い。いつもの散歩コースに比べてだいぶ遠くまで来ているので、「ああ、ここにつながっているのか」という発見もあった。

桜堤を通って、ぐるっと大回りして北越谷駅に向かう。川が駅を避けるように大きく蛇行しているのだ。コロナ禍以前は何度かバーベキューをやった河原を横目に、駅への道を歩く。今度また集まってバーベキューができるのは、いったいいつになることやら。

そして北越谷駅に到着。以前はこの駅周辺で、週に一度くらいのペースで友人たちと呑んでいた。そんな集まりも、もう半年以上中断したままだ。

行きつけだった店に行ってみる。幸いにもつぶれてはおらず、久しぶりに以前のように乾杯できた。ただ、道すがら見ていると閉店の張り紙が出ている店もあり、飲食業界の苦労がしのばれた。

で、そのあと興が乗るままに四軒ほど梯子してしまい、どこが〝軽く呑んで解散〟だという結末になったのは、まあ仕方のないことだったかもしれない。

メカ・サムライ・エンパイア（上・下）

Mecha Samurai Empire

ピーター・トライアス
中原尚哉訳

大日本帝国統治下のアメリカ西海岸の「日本合衆国」。軍人の両親を失ったゲーマー不二本誠は、皇国機甲軍のメカパイロットをめざすも、士官学校入試に失敗してしまう。絶望する彼だが、思わぬことから民間の警備用パイロット訓練生への推薦を受けることに……。衝撃の改変歴史ＳＦシリーズ第二作。解説／堺三保

ハヤカワ文庫

暗黒の艦隊

―駆逐艦〈ブルー・ジャケット〉―

Warship

ジョシュア・ダルゼル

金子 司訳

時は二十五世紀。型式遅れの老朽艦ばかりで、出港すると一年以上寄港できない苛酷な任務のため「暗黒艦隊」と揶揄される第七艦隊。だが、その中にも有能な艦長はいた。ジャクソン・ウルフ艦長――部下を鍛え上げ、老朽艦を完璧に整備していた彼は、辺境星域で突如遭遇した強大な異星戦闘艦に対し戦いを挑むが⁉

ハヤカワ文庫

女王陛下の航宙艦

ARK ROYAL

クリストファー・ナトール
月岡小穂訳

今ではほぼ現役を退いて、問題を起こした士官の配属先になっていたイギリス航宙軍初の戦闘航宙母艦〈アーク・ロイヤル〉に出撃命令が下った。辺境星域の植民惑星が突如謎の戦闘艦に攻撃を受けたというのだ。「サー」の称号を持つ七十歳の老艦長が、建造後七十年の老朽艦とともに強大な異星人艦隊に立ち向かう！

ハヤカワ文庫

訳者略歴　1956年生，1979年静岡大学人文学部卒，英米文学翻訳家　訳書『惑星チョルト奪還作戦』ツィーグラー＆マール，『深淵の独居者』エルマー＆グリーゼ（以上早川書房刊），『巨星』ワッツ他多数

HM=Hayakawa Mystery
SF=Science Fiction
JA=Japanese Author
NV=Novel
NF=Nonfiction
FT=Fantasy

宇宙英雄ローダン・シリーズ〈632〉

《ラヴリー・ボシック》発進《はっしん》！

〈SF2311〉

二〇二一年一月 十 日　印刷
二〇二一年一月十五日　発行

（定価はカバーに表示してあります）

著者　ペーター・グリーゼ　アルント・エルマー
訳者　嶋《しま》田《だ》洋《よう》一《いち》
発行者　早川　浩
発行所　株式会社　早川書房
郵便番号　一〇一 - 〇〇四六
東京都千代田区神田多町二ノ二
電話　〇三 - 三二五二 - 三一一一
振替　〇〇一六〇 - 三 - 四七七九九
https://www.hayakawa-online.co.jp

乱丁・落丁本は小社制作部宛お送り下さい。
送料小社負担にてお取りかえいたします。

印刷・信毎書籍印刷株式会社　製本・株式会社川島製本所
Printed and bound in Japan
ISBN978-4-15-012311-6 C0197